翼想本

翼想本

時光當舖
The Time Pawnshop
思念物的酣歌
千川
繪／Ooi Choon Liang

暴風
本體為立式電風扇，物靈形象是一隻背著降落傘背包、戴著空軍頭盔的飛鼠，喜歡飛機。因為和胖次形象同為鼠類，惺惺相惜，但和怕貓的胖次不同，擅自地將貓當作一生的宿敵。
媽媽
本體是一把小提琴，物靈形象是一名抱著金色豎琴的妖精少女。只有用心演奏，才能產生將她喚醒的力量，氣質溫柔恬靜，擁有可以讓人看見音符的能力。
八戒
一臺桌上型電腦，物靈形象是一隻小豬。硬體更新後從頹廢的寵物豬變成了擁有超級駭客能力的小豬，愛好是瀏覽成人網站。
Welcome

阿樂
把當舖當作物品孤兒院的
舖店長，經常為了維持生
而去接受古怪的委託。
布穀
當舖裡的布穀鳥鐘，物靈是一隻儀態優雅的貴族式貓頭鷹。雖然失去了精準時間的功能，卻依舊認為自己擁有強大的時間觀念。
書書
本體為一枚書籤，優雅而睿智的溫柔女性，除了擁有過目不忘的記憶力外，對物靈的探測也有極強的敏感度，以恬靜的形象安撫所有脾氣古怪的物靈。

目錄

第一章 閔姿的委託，神祕

萬物皆有靈。

這並不是指一個迷信的概念，而是一種對事物的體悟。也許會讓人變得多愁善感，但更多的是一種改變，可以更容易得到不需要依靠物質、最純粹的滿足——可這不代表我就不缺錢了！

「為什麼要來這麼沒格調的咖啡店……」我輕聲嘟囔著。雖然口中抱怨，但我也知道，隨便拒絕眼前這名女子的要求，會讓我未來的生活陷入水深火熱之中。

女子穿著白色的襯衫，袖口微捲，領口鬆了兩顆扣子，十分愜意地坐在我的對面，瞇著眼睛喝咖啡，「沒格調的意思是指你手裡那杯咖啡的價錢嗎？總比我的律師費便宜。」

她是閔姿，似乎天生就是在各種角度上克制我的天敵——但我並不怕她。

我和她的關係，如果非要用一種嚴謹的說法來形容，那就是鷹和蛇的關係……絕對不是貓和鼠。所以面對她廉價的挑釁和威脅，我必須要嚴厲地……唔，她竟然在我面前用手捏碎了核桃!? 我記得和她交往時，她手勁還沒那麼大啊！

「妳還在練跆拳道？」我小心翼翼地問。

「去年勉勉強強考了黑帶三段，我就躲著教練沒練了，身手估計已經退步一些。」

「為什麼躲？」我腦中浮現那個面無表情的中年男子，念大學時我見過他，還記得那個男人完全不屑和我說話的樣子。

他第一次見到我，和我打招呼的方式就是凌空踢碎一塊木板。

「教練想讓我辭掉律師的工作專心和他學，說是二〇二〇年有機會讓我去東京……」

「去東京？幹麼？」

「奧運會。」

「嗝！」我忍不住打了一個嗝，同時感覺到額頭和背脊開始有汗液滲出。

咳，還是算了，身為一個大度的當舖老闆，我不應該和她計較。

「浪費很可恥，很降格調的，妳以後是名牌大律師，沒格調怎麼行？」我很誠懇地向她建議，「其實我家不遠處有一家餛飩店，不僅價格公道，老闆還不會偷工減料，如果多點一些，等餛飩時還會給我們一小碟花生吃著……」

喀啪！

又一粒核桃在我面前被閔姿的雙手揉裂，我看到她將核桃仁送入口中，忍不住艱難地嚥了口唾沫——我發誓我才沒怕，我只是饞了而已。

而閔姿看著我呵呵笑了笑，用寒得可以凍死人的口吻說道：「你這混蛋是連路費都想省下嗎？」

這女人武力值這麼高，思維直覺還那麼靈敏，太破壞遊戲平衡了。心中暗自感嘆的我看了看她放在盤子裡的核桃殼，乾笑兩聲，「妳帶核桃來幹麼？都已經進店裡了，不合適吧？」

聞言，閔姿一臉苦大仇深地說：「我媽讓我每天吃兩粒，說是補腦……」

「噗！」

閔姿俏臉一紅，隨即就惡狠狠地瞪著我，「你笑什麼!?」

我正襟危坐，滿臉嚴肅，用一旁的紙巾擦拭臉上的咖啡漬，「沒笑，我咳嗽而已，妳補吧，多補補。」

「不扯了——有生意，接不接？」閔姿哼了一聲，隨後可能是發現我滿臉茫然，又補充了一句：「不是當舖生意。」

我頓時了然，但通常關於物靈師的委託，必須要我親自確認過，才能明白這到底是不是我的能力範圍，所以我決定先問個大概看看情況，「說來聽聽？」

閔姿沒有馬上回答我的問題，而是慢悠悠地搓掉手上吃核桃的殘渣，用紙巾擦拭，最後端起了咖啡杯，「……我不知道。」

這句話讓我一下子不知道該怎麼回應，只覺得這個女人的邏輯果然比較另類，「妳不知道，怎麼會覺得是我的生意？」

「是我的客戶知道你。」閔姿說到這裡，頓了頓，重點標註了一個我感興趣的資訊，「挺有錢的，所以報酬不會低到哪去。」

聽到這句話我不由得沾沾自喜，只覺得自己的業務又向國際化踏出了一大步，這輩子發大財估計不再是夢了，「我怎麼不知道我已經這麼有名了？」

「他就住在你附近的社區，所以知道你。」

我仰頭想了想，腦中只浮現出曾經被我嚇哭的棒棒糖女孩飛奔的樣子，發現實在騙不了自己，「……我很確定我在社區裡的名聲不怎麼好，而且他為什麼不直接來找我？」

我開店做生意又不是只接關係戶，只要是我的工作內容、報酬合理，我一向來者不拒。我喜歡物靈師工作的一大理由就是——這部分錢不用繳稅。

「因為接下他的委託，有一個前提條件，希望你能答應。」閔姿按了按桌上的服務鈴，待服務生過來，「香蕉布丁，謝謝。」

「請稍等。」

在得到服務生肯定的回覆後，閔姿轉過頭對我微微一笑，「這個算你請我的，當介紹費了。」

我無比肉疼地摸了摸口袋裡的荷包，只覺得今天真的是飛來橫禍，還沒賺到一分錢就已經被女流氓坑了一把，「……什麼條件？」

「絕對的保密。」見我沒有反抗，閔姿滿臉「算你識相」的表情，「在調查中不管遇到什麼事，都要保密，包括……不能報警。」

有胖次這個隨身保鏢在，報不報警我倒無所謂，卻有些擔心其他的，「這委託不會讓我進監獄吧？」

「這個要你到時候自己判斷，因為我也不瞭解委託內容。但我估計沒事，因為他以前好像也有委託過偵探，然而什麼都沒查出來。」閔姿說到這裡，又補充了一句，「雖然他沒有說，可是根據他一貫的行事風格，應該不會只把希望放在你身上，他可能還有另外委託別人和你搶生意。」

「有委託人的聯繫方式嗎？」既然今天已經出了血，不撈回本我晚上一定會睡不好。但保險起見，我決定至少見上一面，再決定是否要繼續下去。

「沒經過他的同意，我不能把聯繫方式給你。他應該會直接上門，你這幾天想必都在店裡吧？」閔姿在得到我的點頭答覆後，愉悅地揚了揚眉毛，雙眼看向服務生端上來的甜點，無意識地舔舔舌頭，「那就沒問題了，我不是很喜歡這個客戶，你把他當作單純的生意就行，該怎麼做就怎麼做。在某個領域，他也算是名人了，所以要價別太低了……太低他說不定反而看不起你。」

聽到這個評價，我不由得古怪地問：「妳不喜歡還願意幫他？」

「沒人和錢有仇，他是我老闆的大主顧，這麼大的人了……」閔姿用勺子挖了一塊布丁塞進嘴裡，看著我意有所指，含糊不清地說：「總得成熟點吧？」

我哼了一聲，「我已經熟得快爛了。」

「嘴硬……」閔姿不屑地看了我一眼，然後把一旁的帳單移到我面前，最後從自己的包包裡掏出三百塊放在上面，「這是我那杯咖啡的錢，你可以拿去買單。」

「哎？」我傻愣愣地看著桌上的東西——這是現在就讓我走的意思嗎？

「有一點你說對了，這家咖啡店確實沒什麼格調，真的不如那家餛飩店。這是我媽為我挑選的相親對象訂的地方。」閔姿略帶厭惡地說：「快走吧，一會我還得應付他，我要想想如何在一頓下午茶的時間內讓他知道——他一定養不起我。」

我一瞬間……真有種做小三的感覺。

「那個死鬼要回家了，快走啦，你不想一整晚躲在陽臺上吧？」

不知怎麼的，這句莫名其妙的臺詞從我腦中蹦了出來，讓我忍不住打了個寒顫，強忍著惡寒將那幅詭異的畫面從腦內趕走。

託這個感覺的福，我連付錢的時候都忘了心疼。

在我走出咖啡店後，一道流光從我的胸前口袋洩出，化為書書的樣子。她的情緒並不高，我知道她不喜歡和閔姿待在一起，「抱歉，等了那麼久，我們回家。」

「嗯。」書書聞言，在陽光下露出一抹淡淡的笑容，看上去對那個「家」充滿了眷戀。

她真的很容易就滿足於現狀。正因為如此，她總是能夠舒緩地接受一切事物，就和她看書一樣，一點一滴吸收所有的資訊。

「最近還有書看嗎，要不要去買點書？」我一時衝動，說完這句話已經來不及後悔，於是連忙補充一句：「去二手書店看看？」

書書似笑非笑地看了我一眼，「算了，我最近還有書，暫時不用了。」

「唔？我應該很久沒有買新書了吧？」

「是以前的老書，你爸爸留下的書架上的一本。」

我聞言，突然覺得有些笑不出來——我很久沒有和書書談起我父親的事了。

一個原因是平常的確沒什麼必要提到他，另外一個原因，則是因為某些事，我並不是很喜歡他。雖然說不上父子反目成仇，但大多情況，卻也兩看相厭。

「不高興？」書書眨了眨眼，「那我不看……」

「沒事，妳看吧，雖然我沒什麼興趣，但不看也是浪費。」我搖搖頭，走向大街，在十字路口停了下來，看著熙熙攘攘的街道，也不知道懷著什麼樣的心情，問了一個我以前從不會問的問題，「叫什麼？」

「哎？」書書很罕見地沒有明白我的問題。

「那本書叫什麼？」

「叫《思考的整理學》，上個世紀八〇年代的老書了。」談到書的話題，書書總是顯得很開心，尤其是我問了她認為我不會問的問題時，「還算有點意思，不過除非是一些書蟲，否則恐怕不會有多少人想看。」

「為什麼？」我挑了挑眉。印象中，老頭子好像不是書蟲的樣子，而且大多偏向實用主義，對這種題材應該沒興趣。

「因為這不是小說，沒有太大的趣味性，但要做為教科書的話，對『人類』來說，我覺得看了沒用。」書書輕聲嘆道：「只是知道問題，卻不知道如何解決，雖然有規範整理自己的方式，但歸根結柢，大多數還是一個自覺性的問題，只是單純地可以成為一本話題作而已。」

說的倒是沒錯，世人追捧成功人士，看了不少成功人士的書，卻不等於這些讀者最終都可以成為實際意義上的成功者。

現代資訊化社會，大部分的道理都已經變成老生常談，並不具備古代人聽到時醍醐灌頂的效果。當理念和知識不再如古代那般珍貴，那自然就沒有多少人會再去咀嚼那些資訊背後還隱藏著什麼。

所以我們越來越容易忽視那漸漸變得灰濛濛的天空，越來越少懷念純淨的藍天。即便偶爾傷春悲秋，也會因為發現周圍的人依舊在追逐一些連他們自己都不是十分清楚的東西，而誕生了莫名其妙的危機感和競爭意識，來不及思考便投入其中。

那為什麼要追？

因為所有人都在追，那想必就是好的，就和股票一樣……至於壞在哪，可以等追到手了再考慮這個問題——於是很多人漸漸停止思考。

「沒用的教科書嗎……」我穿過十字路口，左拐，在一個公車站停下，「我倒是有點興趣了，等妳看完，什麼時候當故事講給我聽聽吧。」

在書書肯定地答覆後，我坐上車，回到店裡，眼巴巴地望著天空漸漸暗了下去，卻依舊沒有等到客人上門，便無精打采地打烊。

不知道為什麼，我今天沒什麼胃口吃晚餐，有一種莫名其妙的疲憊。我甚至連基本的洗漱都沒有，趴倒在床上的瞬間就已經沉沉睡去。

凌晨五點左右，我滿頭大汗地醒了。我作了噩夢，卻記不得噩夢的內容，唯一留下的只有心臟傳來的壓抑感。

房間裡很安靜，八戒也正在籠子裡呼呼大睡。他不清醒的時候，看上去倒是一頭挺可愛的小豬。

我試著讓自己再睡一會，但當我漸漸陷入睡意時，床頭的鬧鐘卻響了起來，這讓起床變得有點痛苦。

在鏡子前刷牙時，阿鏡在裡面打扮成蝙蝠俠的模樣，從他露出的下巴上看，好像依舊以我為原形。「早哦！阿樂！」

我刷著牙，緊閉嘴脣，發出嗚嗚兩聲算作回應。我已經漸漸習慣他奇怪的打扮了。

「你今天看起來有點無精打采哦！唔，不過髮型居然沒亂，不錯不錯……啊！」阿鏡似乎突然想到了什麼，變得異常興奮，在鏡子裡一扯蝙蝠俠的披風，向我擺出各種威風的造型，「你開始注意形象了，還無精打采的，這是戀愛卻被甩了嗎？」

我翻了個白眼，沒有理他。

「別灰心！聽我的好好改造你的形象和儀態，再根據我的服裝設計，就算你想追蜜雪兒・歐巴馬，也不是沒有可能的！」

我吐掉嘴裡的牙膏水，又漱了兩次口，才抬頭沒好氣地對阿鏡說：「我只是昨天有點累，趴著睡的，所以沒壓倒頭髮……另外，我確定我對美國第一夫人沒什麼興趣。」

阿鏡在鏡子裡不知從哪裡摸出一大疊非洲婦女的照片，十分認真地對我說：「可是八戒說你也許喜歡黑人，你再仔細看看，真的不喜歡？」

「我口味沒那麼重！」我咬牙切齒地問：「還有他這個推斷是怎麼來的？」

「電腦上的隨機骰子，他上禮拜一共投了四千多次，黑人中標次數最多，他說這是命運的安排。」阿鏡隨手丟掉手中的照片，滿臉嚴肅，「他說這是最原始也是人類歷史流傳最久的一種分析方式，至今還沒有被淘汰，所以我覺得他說的還是滿有道理的。」

我不由瞠目結舌，一時間竟無言以對。同時再一次對那個腦子不正常的小豬無比頭疼，所以最後我只是很無力地朝鏡子揮揮手，「以後他說什麼你都別信，他最擅長的就是鬼扯。」

「他還說按照骰子的說法，今天那個小胖子會過來。」

「你說李霍端？哼，別聽八戒的，你真當他算……」我的話還沒說完，就聽到大門外一陣精氣神十足的大吼聲——

「阿樂！我到你家吃飯啦！」

我愣在廁所裡良久，待到那聲音第三次傳了進來，才很認真地對著鏡子裡的阿鏡說道：「這次不算。」

「為什麼不算？」

「反正不算。」我說完這句也不等阿鏡回應，不情願地走向店門口，開了一條門縫，瞪著那小胖子剛要說什麼，卻發現小胖子竟然瞬間就擠進了門裡。

「喂喂喂，幹麼，私闖民宅啊……」

小胖子沒有理會我的抱怨，而是雙手扠在他全身上下最寬的腰部上，仰天狂笑三聲，「哈！哈！哈！」

我被他神經兮兮的反應嚇了一跳，驚疑不定地看著他此刻的樣子——

他今天穿了一件寬大的米色長袖，黑色的長褲則十分艱難地包住他的大腿，沒穿校服，也沒背書包，衣服已經有汗水浸溼的痕跡，加上微喘的笑聲，讓我明白他是跑來的。

他一向不喜歡運動，興沖沖地跑來一定有問題，而且現在暑假早已經結束，今天又是星期二……

「你又蹺課！」

「你為什麼要用又字！」小胖子大怒，似乎覺得人格受到了侮辱，下巴朝我一昂，挺著大肚子向我這邊撞來，大有和我拚命的意思。

看他那麼生氣，我不由得懷疑是不是自己誤會了什麼，連忙退後一步，「我用錯了？」

小胖子表情一滯，乾咳一聲，「那倒沒有。」

那你剛才理直氣壯得像屈原靈魂附體是什麼意思？我忍不住仰天翻了個白眼，「給我個理由，否則李先生應該會很樂意扣你的零用錢的……」

「你以為我沒有準備嗎？」小胖子伸出肉肉的食指在我面前十分囂張地搖了搖，「今天是我爸爸替我請的假！」

「憑什麼？」

「憑我數學測驗考入年級前十。」小胖子十分得意地昂起下巴，「我家老頭還是很開明的！他說『拿結果和我說話』，於是我就……」

我狐疑地盯著小胖子，「你沒作弊吧？」

「別小看我啊！死廚子！」

「我不是廚子！我是開當舖的！」

「我就沒見你賣出一樣東西，你也有臉說自己開當舖的!?」

聽到這話我驀然有點心虛，但身為經營者的自尊受到重創後，我也不由得對小胖子埋怨道：「那是你影響我做生意！」

小胖子十分不雅地挖著鼻孔，「哦哦！原來你還有生意可以被我影響，今天真是學到新知識了～」

……啊，胃好疼。我不能再和他爭論下去，否則我會失去對生活的希望，「……所以你今天到底來幹麼？」

「哼哼哼，我是來宣布我的勝利的。」小胖子得意地扭動肥胖的身軀，「那個騙了倩倩很久的小子終於墮落了！倩倩一定會看穿他的真面目，我要提前在你這裡慶祝一下！」

「啊？」我愣了一下，隨即反應過來，知道小胖子指的是他的情敵。

我原本並不看好小胖子，畢竟那個孩子在這一帶也算是品學兼優出了名的，連我也聽過他的名字，雖然我忘了。

只記得，似乎還是一個音樂方面的神童。

「墮落，怎麼墮落了？」

「我查到他和黑社會的人有關係，還吸毒呢！」小胖子搖頭晃腦，顯得得意之極，「他的學校都差點開除他了，真是可惜，他沒有輸在我的手中。」

「這麼誇張？」我不由得微微張開嘴表示驚訝，同時也莫名地感到一陣惋惜。

「是啊，就是這麼誇張。」小胖子嘖嘖有聲地念叨著：「太可惜了，我的人生真是寂寞如雪！」

……可我覺得你現在是滿臉慶幸，而且對於他沒被開除這件事充滿遺憾。

「真的假的？你怎麼查到這種消息的？不會是編的吧？」我上下打量這個小胖子，如果他真的有能力查到這種事，我倒是覺得他滿適合幹我這行的——前提是他要看得見物靈。

「因為那傢伙原本上週還會回青山國中表演，結果突然被取消了。我覺得怪怪的，就去查了查……」

「怎麼查的？」

「音樂老師的手機裡有簡訊紀錄，應該是真的吧？雖然他們好像也沒有直接的證據就是了，目前只是懷疑。」

「你居然偷看老師的手機……」

「我才沒偷看！我是用一個雕成手機造型的彩色肥皂換的！」小胖子得意洋洋地說：「反正那老頭子眼睛不好，換了他也不知道，等我看完了就當作拾金不昧的好孩子還回去，老頭子還表揚我呢！」

我看了小胖子良久，長嘆一聲：「……老天爺真該一道雷劈死你。」

「劈吧，也許還能燃燒點脂肪。」小胖子得意洋洋地回嘴。

「所以你想慶祝什麼？」我警惕地看著他，這小胖子的奸猾程度完全和年齡不符，必須對他提起十二萬分的防備，「先說好，我絕對不會掏出半毛錢的。」

小胖子聞言，頓時狠狠地瞪我，「就是因為這麼小氣，你才會這麼窮！」

我不為所動，只是冷笑著看他。開玩笑，如果說兩句我就變了，我早就發財了……不對，他說的本來就有問題。

「阿樂才不是因為小氣才窮的，他就是天生的窮命啊！」說出這句話的，是看起來剛剛睡醒的胖次，他對著我打哈欠，含糊不清地說：「根本沒救。」

我決定當作沒聽到這隻倉鼠的挑釁，因為如果搭腔，我沒有把握在半個小時內結束戰鬥。

於是我讓小胖子先到旁邊坐著，自己則走向臥室，想把身上的睡衣換掉，一會準備開店，迎接可能依舊沒有生意的一天……

然後店鋪內的電話響了起來，突兀的鈴聲讓我忍不住打了個哆嗦——難道是來催水電費的？

於是我拿起話筒，小心翼翼地說：「喂？」

「請問是茶飯屋的阿樂先生嗎？」一道略微低沉的男性嗓音傳進我的耳裡。

聽到這，我頓時有種被債主逼上門的淒涼感，心急之下，我結巴地想解釋延遲繳費的問題，「呃，我、我就是，如果是關於水電費的事……」

「我是閔姿律師介紹的雇主，想和你談談委託的事，你現在方便嗎？」男子淡淡地打斷了我的辯解，說出一個讓我眼前一黑的資訊。

竟然是……我這個月的財神爺!?

「……」我看了看腳下的地板，一瞬間有種想把頭砸進去、再也不出來的衝動。

「請問……」男子沒有等到我的回應，再次重複了一句。他聽起來言辭上還算知禮，我卻依舊隱約感覺到他口中的盛氣凌人，「你現在方便嗎？阿樂先生？」

「哦哦，方便，當然方便。」我擦了擦額頭的汗，尷尬地連聲說道。

「OK，半個小時後我會到你的店裡，請留出一個相對私人一點的空間，我不想有任何旁觀者存在。」男子淡淡地說著，語氣中流露出一種我從來都不擅長應付的階級氣息，「有沒有問題？」

這種說話方式，一副不是全世界欠他幾十億，就是他敢欠全世界幾十億不還錢的霸氣……閔姿果然沒說錯，他應該很有錢！

我瞥了瞥坐在我位置上嘻嘻傻笑的小胖子，決定一會把他一腳踢出去，便狠狠點頭，「沒問題，請問您怎麼稱呼？」

「我來了再說，再見。」男子說完這句話，便十分乾脆地掛下電話。

我無語地看著那個發出忙音的話筒良久，然後也將其掛回，最後……將目光轉向正在玩著自己肥碩肚皮的李霍端。

他似乎被我看得毛骨悚然，驚疑不定地兩手抱胸問：「你……你要幹麼？」

第二章 格調的差異，倨傲

做為一個生意不怎麼好的當舖老闆，我本來就不是很有上進心的人，也不喜歡和大部分人接觸，所以在很多時候，我會盡量減少一些在我看來不是太必要的應酬。

而這其中，我最不喜歡打交道的，就是那種讓我可以深刻體會「階級」存在的人——我總算明白閔姿為什麼不喜歡他了。

此刻在我面前的中年男子，穿著一身極為考究的西裝，白色的領巾搭配他略略向上揚起的下巴，看著我時臉上甚至吝嗇到連笑容都不露，讓我明白這個人的傲氣指數恐怕遠高於一般人。

我把一杯紅茶放到中年男子面前，乾巴巴地說了一句：「請用。」

「謝謝。」他禮貌地點點頭，提起茶杯就要飲下，卻突然皺了一下眉，將茶杯重新放回桌面——看來他好像很看不上茶包。

這挑三揀四的習慣，讓我想起了葉氏一家那三個小氣的有錢人，讓我再次降低了對他的評價。

「揍他！他居然看不起我的愛妃！」因為他連喝一口的興趣都沒有，導致壺爺在桌子上向我提出抗議。在他看來，哪怕那杯子裡倒的是自來水，不喝一口也是十惡不赦的大罪。

我乾咳一聲沒有理他。

「我是劉明。」中年男子從胸前口袋拿出一張早就準備好的名片，遞到我的面前。

他說出自己名字的時候，我注意到他眼底閃過的高傲，似乎覺得自己的名字代表了某種珍貴的事物。老實說，的確很耳熟，我似乎在哪裡聽過。

我連忙伸出雙手去接，還不等我細看，卻聽到他發出一聲微帶不滿的咳嗽，「你的名片呢？」

「不好意思，我沒有做名片，一會我會將具體的聯繫方式和介紹以簡訊傳給您。」我乾笑一聲，面對劉明此刻的態度，我大概可以明白這位老兄的情況了，他的家庭環境估計已經優越到無法理解窮鬼的生存方式。

開玩笑，我為什麼要花錢在做名片這種事上？做為節省主義者，我堅持認為聯繫方式用筆寫一下或者簡訊傳一下就可以。

「嗯。」劉明一邊點點頭，一邊打量了一下我的店鋪，最後身體微微前傾，神情肅穆地看著我，「閔姿應該已經和你說過了，但我覺得有必要再次強調——這件事，我要你絕對保密。」

「當然，原則上我不會對外透露顧客的任何資訊。」我的話似乎讓他不太滿意，他很顯然聽出了我做出承諾的同時，又保留一些餘地。

但是，如果我說在任何情況下都會絕對保密，他也不一定會相信我。所以我覺得，也許他不滿的地方並不是我做出承諾的能力，而是缺乏低頭的姿態。

「這關係到我兒子未來的前途。」劉明說到這裡，猶豫了一下，沉聲道：「如果是錢的問題，好商量。」

不等我做出回應，他便從一旁的手提包裡，掏出一只黃底的信封，「這是定金。」

我看了看那個鼓鼓的信封，艱難地嚥了口唾沫，真的就像閔姿說的那樣，他真的好有錢。看信封的厚度，估計能讓我這家當鋪多撐三個月。

但我沒有馬上接過來，因為我從來不覺得，有錢人的錢會比較好拿——他們往往比我更明白這些錢的價值。

「是要我調查你的孩子嗎？」我有些好奇地問，同時心裡大概明白對方的顧慮，也稍微減少了對這個委託的牴觸。

因為我實在不喜歡調查偷情之類的工作。

「這些錢，你也可以認為是封口費的一部分，不會讓你太為難，這只是為了聲譽。現在是我那個孩子的關鍵時期，我不希望有任何醜聞出現，如果真的有問題，至少，我想在他走錯路之前把他拉回來。」劉明點點頭，他此刻的眼神和語氣純粹得讓人驚訝，這是一種極為明顯的焦慮。

「我從閔姿那裡聽說過你，然後調查了一下，雖然我不太清楚你的工作方式，但我知道，你解決過一些很奇怪的案子。」

奇怪的案子，從這種角度上來說，他的定義倒是沒錯。因為只有關於物靈方面的委託，才是我的業務範疇。

「你的委託很奇怪？」

「是的，很奇怪，我找了五家徵信社，目前都查不到頭緒。」劉明神情泛著些許的疲憊和不耐，伸出一根手指，在不弄亂髮型的情況下，小心地搔了搔頭，「如果你願意接下我的委託，那麼無論查到什麼，請務必先聯繫我，並且保密的話……你就可以拿下定金了。」

「不如你先談談你的委託？」我有些眼饞地看了一眼桌上那只信封，覺得嗓子有點乾澀，便拿起茶杯抿了一口，「因為我不知道，這個委託我能不能幫到你。」

劉明沒有立刻回答我，看他的表情，似乎陷入了猶豫。他低下頭思索片刻，又神色不定地打量我幾眼，如此反覆幾次，卻始終一言不發。

奇怪了，明明他也曾經委託過徵信社，為什麼到我這裡就開始猶豫不決了？如果提出的條件一樣，徵信社即便答應下來，他也應該不可能完全放心才對……

難道說，他對我提出的條件，和徵信社是不一樣的嗎？

「老實說，我其實是想讓你查兩件事。」在我無比肉疼的眼神中，劉明將桌上的信封收了回去，「在你讓我完全信任之前，我只準備讓你先查一件事，至於另一件，以後再說。」

那你別一開始就拿出來啊！讓我看到後再收回去，你懂不懂什麼叫做「愛過才會痛」啊!?

我深深吸了一口氣，強忍著使出血淚版獅子吼的衝動，擠出一絲笑容……

「阿樂，你笑得跟哭似的，想嚇死誰啊？」壺爺在桌上略帶驚恐地說，讓我的面容僵硬起來。

劉明也皺著眉頭看我，讓我有點尷尬，

「咳！」我試著用咳嗽解決這個尷尬的氣氛，伸了伸手，「請說，你希望我先查什麼事？」

「我是一名音樂家。」劉明的語氣中帶著淡淡的驕傲，「而在我的教導下，我的兒子目前也算小有成就，國內少年組的小提琴比賽他都得過獎項。而在今年，他將第一次參加維也納的演出。」

「哦哦，好厲害。」對這種事我沒什麼感覺，估計是小時候聽父母拿隔壁家的孩子做榜樣時聽膩了，畢竟「別人家的孩子」在我童年裡始終是一個必須仰望的存在。

導致有一段時間我超想成為「別人家的孩子」……別看不起我，反正我從小就沒出息！

劉明略帶不滿地瞪了我一眼，很顯然他覺得我的恭維聽上去沒什麼誠意，卻也沒對此多說什麼，而是繼續說明他的委託，「但是，前兩個月他在自己的生日宴會上，拉了一曲小提琴，按照他之前和我說的，是法國馬斯涅先生創作的《沉思》……」

就算你說得很厲害的樣子，我也不知道馬斯涅是誰啊……我猶豫了半天，還是決定壓下自己的好奇心，不問這個可能在劉明看來很沒常識的問題，並且做出一副「哦哦，你好厲害」的樣子。

這是財神爺，不能得罪。

「可是……」劉明的臉色突然變得陰沉，「那一次生日表演，簡直就是噪音！我的臉都被他丟光了！」

「丟臉？」我有點在意這個字眼，試探性地問了一句。

劉明的表情變得有些可怕，憤怒、失望，甚至帶著一點點驚慌，「那天是他十六歲生日，我請了很多古典音樂圈裡的朋友……」

「拉得不夠好聽？」我看著他的表情，看著那在扭曲中微微抽搐的臉部肌肉，忍不住有點害怕，小聲地問道。

「簡直就是鋸床腿的聲音！」

他近乎低吼地做出了評價，滿臉的厭惡和憤怒，身軀甚至開始微微顫抖，「要是他下個月去維也納，還是這個水準……」

說到這裡，他沒有再說下去。看樣子，他似乎連想像那個場景都分外抗拒。

「如果只是偶爾一次失誤或者……」

「那不是失誤！」劉明粗暴地打斷我的話，隨後他似乎覺得自己有些失態，深吸了一口氣後，整理一下自己的領結，「抱歉。」

我拿起茶杯，喝一口紅茶來壓壓驚，乾巴巴地回應：「唔，沒關係……你繼續、繼續。」

劉明沉默片刻，才沉聲繼續道：「那絕對不是失誤，如果只是幾個小節拍子出現偏差，或者幾個音符的強弱問題，我還勉強可以告訴自己這是正常的，但……他從頭到尾都不對，那根本就是噪音，他四歲第一次摸小提琴時拉得都比那次強！」

嗯，那的確是有點問題，難道是他的孩子故意的？

「冒昧請教一下，你們的父子關係……」我用雙手比劃了一番，但依靠肢體語言依舊沒有辦法找出一個相對安全的問法，「……嗯，融洽嗎？」

劉明聽到我的這個問題，愣了一下，才有些遲疑地點點頭，「很好，他從小就一直很尊敬我。」

奇怪，他說這句話時，表情好像沒什麼底氣……是錯覺嗎？

我努力想壓下心中的疑慮，終究還是不死心地多問了句：「有沒有可能，他是故意的？」

劉明愕然地看著我良久，隨後皺起眉頭，「也許你不明白，但你最好別質疑這方面的事，我們很尊敬音樂，絕不會拿音樂開玩笑。」

「呃，抱歉。」我舉起雙手表示抱歉，隨後拋出了另一個問題，「那麼在這之後，他是否還有演奏？如果有演奏過，感覺怎麼樣？」

「問題就在這裡。」劉明嘆了一口氣，似乎很疲憊，他抬起右手揉按了幾下太陽穴，「他有時做得很好，有時卻完全不行，根本沒有規律可言。而且……他根本不知道自己偶爾做得有多糟糕。下個月就是維也納的音樂演出，如果他真的不行，我會取消他的行程。但現在這個樣子，我不知道該不該放棄……這畢竟是好不容易才得到的演出邀請。」

我愣了一下，不知道自己做得有多糟糕？這就有點奇怪了，「我不是很明白你的意思。」

「我的意思是，他根本不知道自己的水準失常，所有人都聽出他的演奏不對，只有他不知道。」

我不禁微微張開嘴，漸漸明白劉明為什麼會聽從閔姿的建議過來找我了。但保險起見，我還是想盡可能地排除其他的可能性，「會不會是他的聽力有問題？」

「如果他的聽力真的有問題，我就會帶他去醫院，而不會來找你了。」劉明搖搖頭，否定了這點，「沒有問題，他聽得到，我和他交流沒問題，放音樂他也聽得清楚，節拍和音符都能聽出來，沒有差錯。」

「一點偏差都沒有？」

「他有『絕對音感』。」劉明說這句話時，神色極為傲然，「這是極少數人才有的天賦。」

我忍不住倒抽一口冷氣，我以前看過的《名偵探柯南》裡介紹過，所謂的「絕對音感」，是一種對聲音敏感到接近神話的一種天賦。歷史上擁有這種天賦的音樂家並不少，卻也不多，而其中最具代表性的人物是……貝多芬。

我可以理解劉明為何如此緊張自己兒子的狀態了，因為在他眼裡，他的兒子未來很有可能會成為世界級的著名音樂家。

再加上他自己也是音樂家，本身專業所帶來的對音樂的虔誠，也讓他根本沒有辦法忽視兒子的狀態。

話說回來，這情況的確很奇怪。

擁有「絕對音感」的人，會聽不清自己拉出的曲子有問題？對於這種情況，老實說，我更傾向於這是青春期的男生對大人表示抗議的一種方式，也就是他的兒子對自己的父親撒謊了。

但是劉明斬釘截鐵的態度，卻告訴我這種可能性根本不存在。

我並不是很理解音樂家對音樂的虔誠有多堅定，而我也沒有辦法確定這種虔誠是否是虛假的，從剛才劉明不悅的反應看來，音樂可能已經成為他們的信仰，且不容置疑。

這種問題，我沒有辦法詢問太多次，因為這除了會讓人厭惡之外，起不到任何作用。

質疑他人的信仰，本身便是一種莫大的侮辱。

我必須承認，這個委託的確耐人尋味，物靈在其中作怪的可能性非常高。

想到這裡，我做了決定，「那麼，調查他為什麼會變成這樣的原因，就是你的委託了？劉先生？」

「是的。」劉明點點頭，但隨後補充了一句，「請你務必記住，你查的只有這件事，其他事在我委託你之前……就不必勞煩了。」他眼中閃爍著警告，此刻的模樣彷彿是一隻護著孩子的雄獅般危險。

別多管閒事的意思嗎？

我暗自在腦中翻了個白眼。我本來也沒多大興趣，反正又沒錢拿……哼哼。

「沒問題，劉先生，我只會調查關於委託的相關內容，絕對不做多餘的事。」

我笑著向劉明點點頭，「另外，請問你兒子的名字是？」

「他叫劉藝，藝術的藝。」

唔，從這個名字來看，他從出生就被寄予厚望，我突然間有點同情這個「別人家的孩子」了。

因為父母的厚望，在很多時候對孩子來說，並不是一件好東西。

等等！

我腦海中隱隱想到了一個關鍵，連忙問：「請問，劉藝的國中還有高中是哪一所學校？」

「國中是青山中學，高中是春明高中。」劉明回答後，似乎有些不耐，「關於我兒子的資訊，等你將郵寄信箱給我，我會傳給你的。」

聽到劉明的話後，我忍不住倒抽一口涼氣，腦中浮現小胖子那張可惡的笑臉。

這個劉藝，該不會就是李霍端那小胖子的情敵吧!?

曾經和李霍端他們一樣在青山中學就讀，並且升到高中，還住在我家附近……這些資訊真是越想越吻合，看來可以找李霍端那小胖子確認一下。

如果真的是同一個人，我就可以理解劉明為什麼如此緊張了，因為李霍端的話，已經讓我明白劉藝真的陷入麻煩之中——

「我查到他和黑社會的人有關係，還吸毒呢！」

這種訊息如果被證實，最後鬧大的話……對劉藝的未來影響可以說無比巨大，他從小努力而得到的名聲，將會同比例變成唾棄毀掉這個孩子的壓力。

原來如此，難怪要我「絕對保密」。

被這個可能性嚇到的我，只是略帶麻木地本能回應：「哦哦，謝謝。」

「我還有事要忙，阿樂先生，這件事就拜託你了。但請務必記住，不要查不相干的事。」劉明站起身後，再次鄭重地警告我。

「明白了，劉先生。」我擦了擦額頭冒出的冷汗。

劉明滿意地點點頭，轉身離開，在風鈴的輕響聲中，劉明的身影被店門所阻擋，消失在我的眼前。

呼……我真的不適合和這類人打交道。

在他走出去後，我從角落的壁櫥中拿出了一把前段時間剛買的掃帚，開始打掃店鋪內堆積的灰塵。自從老帚走了之後，我就一直這麼打掃店鋪。

這把掃帚的品質不差，握在手裡的舒適度，以及打掃地面時的感覺，按理來說要比老帚更勝一籌，但用起來始終有些不習慣，掃地時的動作總是比較僵硬。

因為自從接管這家當鋪開始，除了第一天握著老帚掃過一次地以外，我就再也沒有親自掃過地了，全都是拜託老帚幫忙清掃。

我掃地的時候，店裡的物靈都很少說話，只是聽著掃把接觸地面時那細不可聞的沙沙聲。看起來，這是他們懷念老帚的一種方式。

或者說比起「懷念」這個字眼，「放鬆」可能更貼切。掃帚末梢掃過地面的聲音，曾經是店內一些物靈最好的催眠曲，但比起現在的，或許還是老帚掃地時那略帶粗糙的摩擦聲更讓他們感覺舒適。

甚至連我，也曾經伴著這個聲音入眠。

「阿樂。」

聽到書書的聲音後，我抬起頭，發現她在二樓的走廊探出頭來。棕色的長髮軟軟地垂下，綠色瞳孔裡洋溢著淡淡的暖意，嘴角噙著微笑，「還習慣嗎？」

「妳指什麼？」我抬起左手，輕輕擦了擦額頭微微滲出的汗漬。很奇怪，明明並不是太勞累的家務，我竟然出汗了。

是承認習慣親自用掃帚掃地？還是習慣老帚不在？

「那就看你想回答什麼了。」書書輕聲道：「什麼都好，你的回答，我都願意聽。」

我愣了一下，想要說習慣，卻覺得胸口發悶，於是低下頭，繼續掃地；隔了很久，書書都沒有回應，我知道她一直在上面看著我。

於是，我停下動作，抬起頭，看著表情一直沒有變化的書書道：「在這個階段，承認『習慣』這種事，滿有罪惡感的。總覺得是在承認『我不再需要他』了一樣。」

書書微笑著搖搖頭，嗓音像是溫暖的溪流，舒緩地流入心底，「這是成長哦，阿樂。」

「成長……哈。」我苦笑著搖搖頭，無奈地抓了抓莫名有些發癢的頭皮，「就算現在還沒完全『習慣』，但遲早……嗯，這是遲早的。」

如果老帚還在，聽到我這句話，會對我做出什麼樣的表情呢？嗯，不過話說回來，假如不是他逝去前，臉部的鬚髮脫落，我這輩子恐怕都不會看到他的表情，也聽不到他的心聲。

嘖，從這種角度上來說，突然感覺老帚是個贏了就跑的傢伙啊……

剛剛想到這裡，我忽然感覺口袋裡的手機正微微顫動，看來是有新的訊息。打開手機後，發現是提醒我有電子郵件，寄件者是劉明。

好快，才過了十五分鐘而已吧？莫非劉明的家離我這裡非常近嗎？

在輕輕的掃動中，最後的灰塵落入畚箕，把垃圾倒入垃圾桶後，我順手將清掃工具放到角落，拍了拍手，走向臥室——

「八戒，我有郵件，給我……」

「哦呵～哦呵呵呵呵～可是主人我還在忙哎～～」

我看了一眼電腦螢幕上的畫面，然後默默從旁邊抽出一張紙巾，塞進鼻孔——最近睡眠品質不好，上火真的比較嚴重。

「……你在說這句話前，先把色情電影關掉，還有，做事了，有生意了。」

「哦呵呵呵～主人～我也幫你找了生意～哦呵～先做我這個吧～哦呵呵呵～～」

八戒扭動著肥碩的圓滾身軀，心形的茶色墨鏡被他架在長長的鼻子上，短小的眉毛極為猥瑣地抖動著，「一晚上四千塊哦～～哦呵呵呵～還是很豐滿的女性哦～～身高八尺～腰圍也是八尺～哦呵呵呵～～主人你不嫌棄的話～哦呵呵～～賺這個比較快～～」

我頓時覺得眼前一黑。不行，這頭色肧豬真的越來越讓人受不了了，必須得管管……再給他這麼弄下去，說不定一些色情交易就要上門服務了！

於是我冷笑著，「……看來我還是把那個行動硬碟拿去退貨好了。」

「哦呵呵呵～哦呵～主人你真討厭～哦呵呵呵……」八戒的身軀開始不情願地扭動。

「……」

「哦呵呵呵……」

笑聲開始乾澀，那彈簧般的尾巴甩動頻率也開始降低。

「……」

「哦呵呵～主人我馬上幹活。」

八戒變乖了。

「孺子可教。」我滿意地點點頭，看著八戒哼唧哼唧地關掉播放軟體，進入我的郵件管理，將劉明的郵件點選開來，最後再發出一聲不甘心的吸鼻聲——

「哦呵呵～果然沒有我介紹的生意有趣哎～主人你不再考慮看看？哦呵～哦呵呵呵呵～」

「……」

第三章

舊識的來訪，醫生

春明高中並不算是一個常出優等生，或者升學率極高的私立高中，但如果是從考入高等學府音樂系的品質以及數量來看，能夠算是全國數一數二的存在。以音樂特長考入這所學校的人，普遍都是在這方面有一些成就的學生。

而劉藝，則是其中的佼佼者，或者說，是近乎十年一遇的類型。從他父親劉明那裡得到的資訊來看，劉藝從小就是一個音樂上的天才，對聲音擁有無與倫比的敏感度。

而且和很多特長生相比，他從小到大的課業成績也一直名列前茅，甚至還參加過市區中小學的足球比賽。

看到這個年僅十六歲的少年所達到的成就，不免會有一種「我這麼多年都活到狗身上」去了的挫敗感。這個世界上果然真的存在「天才」這種東西。

尤其，當「天才」都這麼努力的時候，會讓很多人更深刻感覺到一種來自先天的差距。

「唔，天生就是菁英上流人士的感覺啊……」我略帶羨慕地咂咂嘴，然後鄙夷地瞥了眼八戒，「你看看人家！年紀這麼小就已經這麼厲害了，你還是電腦呢，整天就只會看色情片！」

「哦呵呵～哦呵呵～主人喲～我才不信他不看色情片～哦呵呵呵～」

「重點不是這……唔？」我若有所思地看著八戒充滿猥瑣之意的笑臉，又看了看關於劉藝的資料。

託八戒的福，我意識到這些資料裡藏著一個問題——太完美了。

完美到簡直不像一個正常的人，即便他真的是天才，也太過於完美。他不可能沒有一丁點的問題，否則就不會讓劉明如此心急。

而且問題從一開始就出來了，為什麼劉明不自己去和劉藝溝通呢？既然是父子，這種事在家裡關上門商量不是更好？

當我問起父子關係的時候，劉明的樣子似乎不是很有底氣，並且用「尊敬」來形容兒子和自己的關係——

不是說孩子尊敬父親有什麼問題，但這無疑是一個充滿距離感的單詞。

有必要親眼確認一下，他究竟是一個什麼樣的孩子。剝去「優秀」的外衣，他到底還剩下什麼？我現在需要看到的不是光環繞身的劉藝。

而是滿身泥濘的他。

我注視著資料中，那臉上漾著淡淡笑容的少年，恍惚間覺得，他的五官似乎一片模糊。這並不是指照片的清晰度，而是連這個人的氣質都難以看出來。

他笑起來的時候，雙眼瞇成了一條縫，嘴微微咧開，很少有人拍證件照也能笑得如此完美。但問題是，即便他真的笑成這樣，我依舊感覺不到其中的笑意。

唔？當我看到劉明家的住址後，微微一愣，我知道離我家很近，但沒想到——他家就在當舖後方的一棟豪宅裡。

嗯，也許可以用一些非常規的調查方式了。

「八戒，盡可能把他的資料查出來，他的資料應該不少，然後整理一下。」我輕輕拍了拍八戒的主機，發出細微的砰砰聲，「工作量也許有點大，但還是盡快給我。」

「哦呵呵呵～主人你終於開竅了～是要查那個身高八尺、腰圍也是八尺的女人嗎？哦呵呵呵～我一定會全力以赴的！」

究竟是哪一句話讓你能聯想到這個的啊!?

我只覺得胸腔一陣翻湧，強忍著咆哮的衝動，咬牙切齒地警告道：「我、要、查、劉、藝！」

「哦呵呵～還和人家說你不是Gay～主人你真是好害羞～哦呵呵呵呵～就算是男的～我也會全力以赴的！」

「……」我已無力辯解，算了，他肯幹活就好。

這次幫助調查的夥伴，除了八戒，還有一位可以幫得上忙。雖然手段見不得光，但我覺得我有必要做一次偷窺狂。

至於原因？我真的不擅長和青春期的孩子打交道……還是做做功課比較好。

十六歲所特有的浮躁感往往不會只出於孩子自身，大人的因素也占了很大一部分。所以在大多數情況下，會比較類似北朝鮮和美國的關係。

一個青春期什麼都敢做，一個更年期什麼都想管……自然衝突不斷，熱鬧非凡。

我走近店鋪的牆邊，用手輕輕敲了敲那個五音不全的布穀鳥鐘，「布穀、布穀，醒一醒，需要你幫忙幹活了。」

「咕咕！」一隻穿著燕尾服的貓頭鷹慢條斯理地戴上一片單片眼鏡，「竟然在這種時候叫醒我，咕咕。真是一個沒有時間感的男人啊，咕咕！」

「……」我面無表情地看著布穀在那裡發神經。

也許是因為我沒有給他足夠有趣的回應，布穀裝腔作勢地咳嗽一聲，「現在幾點了，咕咕？」

「上午十一點整。」我告訴他時間後，又把手伸到鐘的後面，開始旋轉那很久不用的發條，「這段時間，麻煩你監視一下後面的那棟大樓，二十八號、三樓，做得到嗎？」

布穀本體上的發條，本來是做為動力源，是布穀鐘正常運作的機關。但自從布穀出現後，這個發條的功用就出現了變化，成為布穀監視的動力源，每緊扭一次發條，布穀的監視時間容量就會變成七天。

在這七天之中，只要布穀陷入沉睡，就可以記錄半徑五十公尺範圍內的內容，並在布穀清醒的時候，將監視的錄影內容以３Ｄ模式投影出來。

布穀左右旋轉一下腦袋，似乎在測量，隨後朝我揮了揮翅膀，「咕咕！沒法全部看到哦，有幾個房間太裡面了錄不到，咕咕！」

這個結果我有心理準備，布穀可以錄影的範圍並不大，以前就算用到，更多的也是做為一種防盜監視器來使用。而自從當鋪有了某隻愛打拳擊的袋鼠後，我就很久沒有使用這個功能了。

畢竟店鋪進入「CLOSE」狀態後，除非大牌被再次翻轉，否則被非法入侵的可能將會被降到最低——我相信沒有哪個強盜會無聊到闖進店裡前還翻轉大牌。

「也行，能錄多少就錄多少。」

叮鈴……

忽然，掛在店門上的風鈴響起一陣帶有餘韻的聲響，我不由將目光瞥了過去，門口站著一位讓我隱隱有些熟悉的女子。

但我想不起來她是誰，只能感覺到腦中的確有這個人留下的痕跡，卻沒有辦法把那一段記憶抽出來閱讀。

我仔細打量面前的人，她穿著牛仔吊帶褲、白色底衫，頭上戴著一頂咖啡色的牛仔帽，微微噘著的嘴，給人一種她隨時都會生氣的感覺。

而此刻，她正略帶猶豫地看著我，躊躇半晌，才用一種不確定的嗓音問道：

「你是阿樂表哥？」

表哥？

因為性格的關係，我並不是很喜歡和親戚間有太多往來，其中一小部分原因是，我和大多數的同輩都玩不到一塊，並不是說相互之間關係不好。

僅僅是因為我喜歡的，他們不喜歡；而他們喜歡的，我沒有興趣。

而另外的原因……純粹是我自身的問題。

啊，看著女子，我突然想起某位曾經打扮極為樸素、非常不起眼的女孩，忍不住張大嘴，「……妳是……春珊？」

「好久不見～」她笑嘻嘻地朝我揮了揮手。

她叫周春珊，嚴格來說，並不是我的親戚，是我表妹的同學，純粹就是小表妹這麼叫我，她也跟著這麼叫了。幾年前就聽說搬去美國了。至於我為什麼對她有印象？很簡單，因為店裡有一樣東西的前主人，就是她。

因為是搬家，所以很多東西自然不方便攜帶，而她在臨走之前，將八戒送給了我。

沒錯，八戒的第一任主人就是她。當然，八戒在她手上的時候，並沒有被取名，所以當時沒有完全誕生出物靈。

「妳不是去美國了嗎？什麼時候回來的？坐吧，弄杯水給妳。」我朝她招了招手，挪過一把折凳遞去，隨後把壺爺裡的茶水倒掉，想要重新泡一壺，「這次是回來探親？什麼時候走？」

「上個禮拜剛……回來，短期內不走了，唔……可能以後都不走了。」

她說話的聲音不算大，但我依舊聽出了其中莫名的情緒，讓我有點詫異地回頭看了她一眼，心中一動，「妳一個人回來的？」

而她笑容不改，聳了聳肩膀，「是啊，沒想到？很奇怪？」

「為什麼？」我倒了一杯茶，她道謝後伸手接過，「嗯，男朋友的關係？」

春珊微微一愣，略帶詫異地看著我，「為什麼這麼覺得？」

「妳離開那麼久，在那邊應該都習慣了，我相信那邊的經濟條件可能更好一些，加上妳全家也都在那裡……」我坐到自己的位子上，將之前有些涼了的紅茶飲盡，感受著那股微澀的醇香，用一種感嘆的口吻說道：「我想不出別的理由了。」讓這個年紀的女生衝動的原因，幾乎都是因為男人。

「……唔，算是吧。」春珊猶豫了一下，還是點了點頭。

算是？

這種曖昧的詞語怎麼能做為回到這裡、重新開始生活的理由？我心下暗自搖頭，卻也不便說什麼，「今天怎麼特地到我這裡串門？」

「算不上特地啦。」春珊笑了笑，俏皮地對我眨眨眼，「明天我就要在這附近開業了。」

「開業？」我愣了一下才反應過來這是什麼意思，「做什麼？」

「私人診所，主要是看耳鼻喉科，不過如果是別的小毛病，我也可以幫忙看一下。我以前在美國做過一年的急診醫生哦，所以一般的問題都可以解決。」春珊略帶得意地朝我揚揚眉，「厲害吧？」

原來是去美國念了醫科嗎？

從美國歸國的醫生，還有就職經驗。嘖嘖，一聽就是很有「錢途」啊……開診所真的要比開當鋪強多了。

「嗯，說起來，其實今天到你這裡來，還有一件事。」春珊捧起茶杯，輕輕抿了口後，卻沒有將其放下，而是一直懸在脣前鼻下，聞著帶有茶香的水蒸霧氣。

「什麼？」我隱隱覺得，這件事才是她今天來訪的最大原因。

「我給你的那臺電腦，唔，當時裡面那些資料……」

春珊說到這裡，沒有說下去，似乎覺得有些尷尬，抬頭看了我一眼，然後又低下去，「你當時真的都刪除了？」

「唔，不是妳說要刪除的嗎？」我若有所思地看了臥室一眼，發現門縫裡露出一抹粉紅色的身影。

「果然刪除了啊……」春珊用鼻子輕嘆了一口氣，但隨即好像放下什麼看不見的包袱一般，肩膀聳了下來，沒有垂頭喪氣的沉悶感，卻透著一股雲淡風輕的豁達，「……也好。」

「……」

「當時裡面，有什麼東西，你看了嗎？」

我聽不出她的語氣裡蘊含著什麼，看了她一眼，卻發覺她正笑嘻嘻地注視著我，「沒看。」

「真的？」她故意用一種充滿懷疑的口吻詢問，反而讓人感覺到一種做作的可笑。

「我真的沒看。」我苦笑著回答，「聽妳說要刪，我就直接讓人格式化了，早知道妳……」

「好啦好啦，開玩笑的。」春珊擺了擺手，示意我放鬆，「反正不是什麼重要的東西，也就這麼提一下而已。」

我說謊了。

其實我還是看了點。主要是一些照片，照片裡她和一個看起來比她大一些的青年親密無間，應該是在交往。

值得注意的是，那個男人的左手無名指，戴著一枚戒指。

而春珊當時才剛念大學……是的，她是一個第三者，而第三者，無疑不是什麼好名銜。從社會潛在的規則來說，第三者在大多數人眼中，都是道德淪喪的代名詞。

而我之所以說謊，是因為我不知道說完「是，我看了一些」之後，面對她的問題，還能再說些什麼。我沒有辦法預見可以迴避尷尬的方式。

所以只能迴避這個話題。

「好啦，謝謝你的茶。」春珊站了起來，將空杯子放到我的桌前，「我差不多該走了，明天開業，今天還有一些收尾的事要忙，就不打擾你做生意……」

「啊？哦哦。」我忙不迭地站起身，將春珊送到門口後，便目送她離開。

「阿樂，為什麼說謊呢？」書書不知什麼時候在我身後輕輕地開口問道。

「隨便觸及別人最敏感的部分不是我的風格。」我瞇著眼睛凝望對面正在進貨的水果超市，看著水果超市老闆一瘸一拐地指揮店員搬貨的身影。似乎是注意到我的目光，老闆衝我笑了笑，即便他臉上有一道長長的刀疤，卻一點都遮蓋不住他此刻滿臉的和氣，「將自己最陰暗的祕密暴露在陽光下，是需要很大的勇氣的。」

對面的水果超市老闆，有傳言他原來是混黑道的，導致剛開店的時候，幾乎沒有人願意去他店裡買東西。但時間長了，那個老闆見人就滿臉笑容打招呼的風格，讓附近的人放下了戒備和偏見。

僅僅一年，他就買下了隔壁的店鋪，合併成水果超市。現在已經沒有人在乎他的過去，也沒有人在乎他一瘸一拐，以及臉部的刀疤。

或者說，我們本來就不會在意他人的過去，我們真正在意的，是被過去影響、逃不出陰影的未來。

「如果她真的一點勇氣都沒有，當初就不會把八戒原封不動地給你了，至少……她自己也能刪除不是嗎？」書書的聲音中帶著惋惜，我無法分辨出這一抹惋惜到底是針對春珊，還是針對我。

所以我沉默。

「阿樂，真正沒有勇氣的人，是你才對。」

書書的話讓我無言以對，我知道自己的確存在不少性格缺陷，但總是沒有辦法真正地向前邁步，去改善自己。

我轉身向臥室走去，因為春珊的到來，我倒是有些擔心房間裡那隻小豬的情緒。

「哦呵呵呵～主人你真討厭～怎麼那麼快就進來了～哦呵呵呵～我只是偷一會懶而已～哦呵、哦呵呵呵～」

我一走進去，八戒就諂媚地朝我晃著尾巴，我看了一眼電腦螢幕，嘆了口氣，「我今天要不要放你一天假？」

「哦呵!?哦呵呵呵呵～那最好了～主人～我正好還有好多……哦呵呵呵，主人你想不想看？各種口味的都有哦～」

「我對哈姆太郎沒興趣。」我指了指螢幕，上面正在播放某隻倉鼠各種賣萌的表情，「你心不在焉到播放清單裡放什麼都沒注意嗎？」

八戒發出的笑聲開始有點不自然了，「哦呵、哦呵，呵，呵……」，

我打斷八戒那比起笑更像哭的笑聲，「既然沒有餘力，就不要勉強去偽裝自己了……你做不到的。」

「……」八戒沉默，笑容從他臉上消失，隨後他挪了挪肥碩的身軀，背對著我，似乎不想和我說話。

隔了良久，我才聽到八戒的聲音，他在吸鼻子，我覺得他在哭泣，雖然我沒

有看到他的眼淚……

但有些哭泣，本就是沒有眼淚的。

「她……她沒有提起我……」

似乎是因為使勁吸鼻子的關係，八戒的聲音有些模糊，不過我很清楚他在說什麼。春珊提起的只是曾經存在八戒那裡的資料備份，而不是八戒本身。

而我也沒有辦法解決這個問題，因為不光是春珊，大多數人並不是「忘記」，而是從未「意識」過，在他們眼中的死物，究竟有著什麼樣的執念。

試圖向他們說明物靈的存在，也只是替我的腦袋貼上「大師」或者「瘋子」的標籤而已。

店舖裡的物靈們也並不是不明白他們的處境，但明白是一回事，能否心平氣和的接受，又是另一回事。

就像我們知道我們總有一天必定會面臨永遠的離別，但在面對的那一刻，我們依舊會淚流滿面。

所以……

我轉身離開臥室，輕輕地把門關上——

哭泣，就是面對不可挽回的悲傷時，所做出的應有禮儀。

而我要做的，便是迴避。

第四章
優秀的少年，謎團

一個星期後，我拿著八戒整理完列印出來的資料，一頁頁地翻看。

比起之前接的一些委託，這位近幾年在古典音樂圈聲名遠播的音樂天才，資料比我想得要多得多。多到很多資料都只是一些大略的內容。

光看長長一列的比賽紀錄和表演紀錄，我就看得額頭冒汗。但好在我並不是完全沒有方向，既然調查對象是一個優秀的人，自然要查他還有什麼缺陷會比較有效率。

所以我用螢光筆將他比賽紀錄中沒有拿到名次，或者名次偏低的部分劃出。

「八戒，把上面劃出來的部分，具體細節好好查一下，能查的都查一遍。」我將資料遞到電腦桌上，八戒正很歡樂地搖擺圓圓的臀部，彈簧般的尾巴一抖一抖的。

「哦呵～哦呵呵呵～我一會就查～主人～」

我翻了個白眼，沒有理會八戒。現在最緊迫的，是從資料中找出可能存在問題的地方。

「嗯？這個叫蔡媛媛的……是劉藝的母親？怎麼才三十二歲？」我看到劉藝的

家庭成員表時微微一愣，「八戒，劉明的婚史有問題嗎？」

「哦呵呵～他好像離過一次婚哦～」八戒這個時候轉過頭來，用一種充滿敬佩的口吻說道：「哦呵呵呵～兩個老婆都是美女哦～而且他好專情～真讓人羨慕，哦呵呵呵～」

「他專情還結婚兩次？」我覺得八戒的腦回路有點奇怪，莫非是上週的打擊讓他邏輯混亂了嗎？

隨即八戒的回答，讓我知道他已經走出陰影了。

「哦呵呵～～因為他結婚的時候，哦呵～哦呵呵呵～～老婆都是二十五歲～你看多專一～只喜歡二十五歲的女人～哦呵呵呵～」

……我竟然會為他擔心，簡直就是對自身良知的褻瀆。

「那把劉明的前妻查一下，如果可以的話，我倒是想去那裡調查一下。」

「哦呵呵～主人原來你喜歡年紀大的～她叫舒蓮哦～哦呵呵呵～但很遺憾，這是不可能的～」八戒捧著自己的臉，不好意思地說了一句：「雖然我對這個年紀的也可以接受～不過死了就沒興趣了～哦呵呵呵～」

「死了？」我愕然問道：「什麼時候死的？」

「三年前的四月六日～還是自殺哦～」八戒突然在我面前站得筆直，擺出只剩一個小豬蹄做金雞獨立的Pose狀，「哦呵呵呵～主人別難過～我還可以找些類似的哦～哦呵～哦呵呵呵～這個年紀的，說不定房間費還是她們包～哦呵呵呵～」

我決定無視那些故意想帶歪話題的資訊，「劉明的離婚時間是什麼時候？」

「七年前～」

蔡媛媛現在三十二歲，二十五歲和劉明結婚的話，也是七年前……這是根本沒有辦法迴避的疑點。

「婚外情」、「第三者」這種詞語不由自主地浮現在我腦海裡，真的沒看出來，劉明這麼不老實，我以為以他驕傲的個性，會比較注意迴避這種可能存在道德汙點的事呢。

七年前離婚，在離婚的四年後自殺，這個時間段的長度有點曖昧，無法判斷舒蓮是否走出了離婚的陰影，更沒有辦法判斷舒蓮的自殺是否和劉明有關。

這個委託線索很多，多得讓我覺得頭皮發麻，因為好像各個角度的背後都存在著大量的資訊，但解釋劉藝最近反常的答案，卻不知道究竟混在這些線索裡的哪個部分。

然而既然拼圖還沒有找全，就不必急著拼起來……於是我走出臥室，敲了敲掛在牆上的布穀鳥鐘，「布穀，差不多可以起來了哦。」

布穀連影子都沒出來，倒是習慣性地先問出了一貫的問題，「咕咕～現在……」

「上午七點二十三分十三秒。」我連忙把精確到秒的時間報給了他。最近一個禮拜可是天天指望他幫忙，睡覺時間全被我控制在下午四點以後到第二天十一點多左右，至於週末假日，我則讓布穀睡整整四十八小時。

「生理時鐘紊亂，會影響我優雅的時間感，咕咕～」布穀出現後，高傲地用翅膀拉了拉自己的領結，斜斜瞥了我一眼，「你真是沒有時間觀念的男人啊！」

你有時間觀念還每天問我時間？我仰天翻了個白眼，卻無力反駁。

這是他這個禮拜每天都會和我說的話，他一個勁地埋怨我打擾他正常而規律的睡覺時間。但事實上，他真的一點都不規律。

反而在幫我的這一個禮拜，除了星期六、日一直沉睡，平日的睡眠時間基本是固定的。

所以，雖然他在這家店裡很久，接觸也多，但這些年來我至今沒明白，他所說的「時間感」、「時間觀念」到底是個什麼東西。

「昨天有沒有變化？」最近一個禮拜，我幾乎每天都在看劉藝一家的情況，企圖摸索出這個家庭的生活規律。

但可以監視的範圍實在不多，僅僅是劉藝的半個房間，以及半個客廳而已。

劉藝平日均正常上學，禮拜六中午則接待了一名客人，就是小胖子單相思的張倩。看她的樣子，似乎很熟悉劉藝家，應該不是第一次來。而一直待到下午三點半後，劉藝才會背著書包和張倩一同離開。

而這兩三個小時他們到底在做什麼，因為不在布穀的監視範圍，我沒有辦法肯定，但從張倩背著小提琴箱來看，恐怕是來向劉藝學習音樂的。並且從小胖子特別喜歡禮拜六跑來我這裡蹭飯推論，時間應該是固定的。

劉藝在當晚八點回家。看他放進書包裡的教科書和習題冊，去補習班的可能很大。

「大部分沒變，咕咕！」

「是嗎？」我心中隱隱有些失望，卻還是決定自己看看為好，「不管怎麼樣，先放一下吧。」

布穀咕咕叫了一聲，隨即他的瞳孔逐漸亮了起來，同時開始擴大，由尖細的一條縫轉變為圓形，而他瞳孔中所散發出來的光，也開始變得五顏六色，最後那些光線在店鋪的空地上投射出3D影像。

這是一個梯形的3D映射空間，能夠看到劉藝的半間臥室，以及客廳裡一整張餐桌的位置。

雖然不是全貌，但從裝修以及擺設上看，這個家庭對生活品味的追求高到令人驚訝；和一般家庭不一樣，不會只是買了幾幅畫作或者雕塑提升格調。

這個家天天有人打理，細細擦拭每一座雕塑、整理房間、隨著天氣變化端出不同的花卉、為每天的菜肴想出不同的花樣。至少這一個禮拜，我沒有看到餐桌上出現過同一道菜。

而這個人，就是蔡媛媛。這個三十二歲的女人確實有著一種很奇異的吸引力，面容姣好、家務嫻熟，從最近所看到的家庭互動上來看，也是一個極為識趣的女人。

但這只是推斷，因為我根本聽不到他們在說什麼，布穀所能傳遞的，僅僅影像而已。

投影的最上方顯示著時間，是昨天下午五點半，劉藝幾乎每天都是這個時間到家。

而劉明通常要比劉藝晚很久，這一個禮拜，我至少看到劉明四天都是深夜才回來。

而此刻畫面中的蔡媛媛雙手戴著一雙厚厚的手套，托著一個烤盤，走到餐桌邊後，將烤盤上烤得金黃的曲奇餅乾小心翼翼地放到三個小盤子上。

這是蔡媛媛每天準備的茶點。

正當她倒出一杯牛奶放到桌上時，蔡媛媛的身軀微微一頓，似乎聽到了什麼，轉頭看向一邊——我知道是劉藝回來了。

一名清秀少年面帶微笑地走了進來，他身穿藏青色的校服，領口是一條被扯鬆了的紅色領帶，肩膀上則背了一個側背的書包。

少年的笑容並不熱情，可也沒有冰冷之感，但他瞇成縫的雙眼讓我看不清他到底在想什麼。如果一定要形容他的氣質的話，就像一隻和善的白狐。

他就是劉藝，和後母的關係看起來還算融洽，但也只是融洽。這一個星期，我發現劉藝始終都和他人保持一定的距離，心理上的距離我並不瞭解，但如果是身體……我從來沒見過這個孩子和親人間有任何肢體上的接觸。

拍肩、擁抱、無意識的肢體觸碰等等，統統都沒有。

劉藝的笑容讓人覺得他並不難相處，但實際行動，他卻一直保持著一定的距離。他一直戴著一副耳機，可以說，他在一切可以佩戴耳機的情況下，絕不會將其拿下。

在這個時代，這麼做的年輕人不少，可是在這樣的家庭當中，劉藝的行為還是略顯怪異。因為這是音樂世家，一天到晚戴著耳機，對耳朵一定會造成影響。

所以在這一個星期，我經常看到劉明到劉藝身邊，滿臉不悅地說些什麼，而劉藝便會將耳機拿下。我猜測，是劉明的要求所致。

劉藝自畫面中消失，之後我在他的房間門口看到他把書包放到自己的床邊就離開，當他再次出現在客廳時，外套已經脫下，袖口微捲，坐到餐桌上，手中拎著一本書，另一隻手拿起一塊曲奇餅乾，輕輕咬了一口。

我走到他的投影身邊，蹲了下去，然後從下往上看——

「《思考的整理術》？」

見到封皮上印的書名，我微微一愣。我原以為他應該會看一些關於音樂方面的書籍。話說回來，書書最近在看的好像也是這本，一直忘了問，這本書到底有什麼獨特的地方。

當劉藝將自己盤子裡的餅乾吃完、最後一點牛奶飲盡，仍然沒有離開位置，依舊閱讀著手上的書。直到蔡媛媛過來收走杯盤，他也沒有離開。

他的注意力似乎全都在那本書上，加上戴著耳機聽音樂，似乎絲毫沒有察覺蔡媛媛收走餐具的舉動。直到劉明回家，他還是一直在座位上，一邊聽音樂，一邊看書。

劉明踏入家門時，蔡媛媛迎了上去，滿臉微笑地從他手上接過外套。劉明則皺眉看著劉藝的背影，走上前去，從身後將劉藝的耳機扯了下來。

可能是耳機開得太大聲，又或者是看書看得太入迷，劉藝完全不知道劉明已經回家，導致被劉明的舉動嚇了一跳。

劉明皺著眉頭說了幾句，劉藝淡淡地點點頭，將耳機收好……而他的臉上，笑容一分不減、一分不增。

這一家三口似乎沒有什麼熱烈的話題，即便到晚上開始吃飯，看他們的樣子也只是平淡地交談。而劉藝並沒有低頭只管自己吃飯，笑咪咪地看著父母，偶爾插上一兩句話。

總的來說，如果只看這部分，還算是個正常的家庭——如果沒有看到劉藝在自己房間裡的樣子的話。

等投影時間到了八點，劉藝便走進房間，反手將門關上，並且上鎖。

青春期的孩子學會上鎖並不稀奇，可是劉藝接下來做的，恐怕是大多數人都不會做的事。他來到床邊打開書包，並從中取出約莫撲克牌大小的小盒。

小盒上什麼都沒寫，空白一片。

這是我同一星期第二次看到劉藝拿出這個盒子，所以我知道那盒裡裝的是什麼……是一個針筒，以及一個裝滿了不明液體的小盒子。

這應該就是劉明想讓我查的另一件事了，我也能夠理解，他為什麼一定要我保密了。原因在劉藝將吸滿不明液體的針頭刺入自己小臂的剎那，就已經明瞭。

這名年僅十六歲的少年，在自己的房間，用一種淡淡的笑容，完成了吸毒的過程。

傳言是真的。

隨後，他將針筒拆卸，連著那個空空的小瓶子放入白色的紙盒，再收回自己的書包。我看到他書包裡有一個黑色的夾層布袋，他上一次就是將盒子放入黑色夾層布袋中，最後封上拉鍊。

和上次一樣，放的位置也是這裡。那個夾層布袋並不大，只能放入這麼一個小盒而已。

處理這些東西是在外面嗎？也對，萬一被家人發現肯定會很麻煩。

劉藝做完這些後，便走到一邊，雙手懸空，左手向側前方伸出，手心翻上，似乎提著什麼東西，而他的腦袋則微微向左斜靠，右手則在左手和臉之間狠狠地一拉——

他的身軀微微顫抖，臉上的笑容終於消失，微微皺著眉頭，右手一提一拉間，左手手指也如蝴蝶穿花一般翩躚，速度之快讓我目不暇給。

他在用不存在的小提琴演奏自己腦海中的樂曲，並且沉醉其中。即便沒有半點聲音傳到我這裡，即便我知道就算在他的房間，也一定聽不到任何聲音，但我依舊能夠感受到一股來自靈魂深處的戰慄。

恍惚間，我好像看到他身穿筆挺的燕尾服，優雅地在宮廷中忘我的演奏……

這個房間，是他的王國。

他演奏得非常投入，僅僅幾分鐘，就已經開始出汗。在汗水的揮灑中，他漸漸露出了和平常不一樣的笑容，是一種異常溫暖的笑意。

「咿咿！」

一聲糯軟的童聲打斷了我的思考，我愕然轉過頭，發現一名滿頭白髮的女孩正興奮地對著忘我演奏的劉藝指指點點。

「怎麼了，依依？」

「咿～～」依依指了指劉藝，然後也像模像樣地做演奏狀，配上粉雕玉琢的可愛臉龐，讓我心頭的陰霾不由得散了些許。但即便如此，我還是不明白依依想說什麼。

「她是說，想去聽這個男生的演奏。」書書走了過來，溫柔地將依依抱起。依依嘻嘻一笑，伸出小胳膊，攬住書書的脖子，然後對著我使勁點頭。

「咿咿！」

「呃，這就有點……唔？」我乾笑著把話說了一半卻突然頓住，因為我發覺，這其實也算是一種瞭解劉藝的方式。

畢竟要查的是劉藝演奏水準失常的事，也許聽一下他的演奏，才能查出更多。況且有一件事我十分在意。

我瞇著眼睛看著滿頭大汗、卻依舊在忘我演奏的劉藝，看著他空空如也的雙手——他為什麼不直接用小提琴？

明明用小提琴才是真正的演奏，為什麼這位少年小提琴演奏家，在自己一個人演奏時，卻不使用小提琴？我並不是第一次看到他這樣，上一次他用針筒注射後，也做了一樣的事。

是吸毒後所產生的幻覺嗎？

不，不對，沒那麼簡單才對……吸毒即便造成幻覺，也不應該這麼穩定。不僅時間，連行為都一模一樣，也沒有任何過激的舉動。

一定有別的理由，讓他無法使用小提琴……

一定要親眼去見證一下他使用小提琴的樣子！

我的腦中浮現出劉明那面無表情的臉孔，一咬牙——

走到電話邊，撥打了劉明的電話。

一陣忙音過後，劉明的聲音響了起來，「很久沒聯繫了，我以為你放棄了。不過既然你打給我，姑且問一下，請問調查有進展了嗎？阿樂先生。」

他的語調中帶著一點淡淡的不滿和失望，因為這一個禮拜我都沒有聯繫過劉明，在他眼中，這恐怕就是毫無成果的表現。

嘖，有錢人真沒耐性……我酸溜溜地這麼想著，嘴上卻連聲抱歉，「呃，真對不起啊，最近是有點忙。至於進展，是有一點，所以有一件事想請你幫忙，劉先生。」

「什麼事？」

「我想近距離親耳聽一遍劉藝演奏小提琴曲。」

「……」劉明沉默半晌，回答我：「不行。」

怎麼那麼小氣！難道他是想跟我收門票錢嗎？唔……不對，人家應該沒那麼窮酸，呿……我真是越來越討厭自己的思考方式了。

但不管怎麼說，這個回答還是大出我的意料，「為什麼？」

「我是瞞著家裡調查的，尤其我不想讓阿藝知道我在找人查他，他很聰明，如果你上門，他說不定會猜到，這會影響我和他的關係。」劉明說出的理由我倒是可以理解，不過更重要的，恐怕還是他始終不太信任我。

畢竟他當初委託時，再三讓我「別多管閒事」。

「劉先生，對調查來說，這是必要的。」我沒有妥協，因為我知道這不是什麼不可解的難題，真正的問題是劉明對我的信任度，「畢竟，目的是為了讓劉藝擁有穩定的水準不是嗎？如果我連劉藝目前的演奏都沒聽過，怎麼對這件事再做進一步的瞭解？請務必配合，劉先生！」

「……」

似乎也知道拒絕的理由實在有點說不過去，劉明沉默了很久，才再次開口：

「先讓我看看你所說的進展，我們再談。」

是要看看我這邊的成果，才決定要不要在我身上加碼嗎？想必如果是沒什麼用的訊息，他恐怕會不屑一顧，也不會讓我有登門拜訪的機會吧？

重量級的訊息並不是沒有，可劉明也曾經表示，他不希望我調查太多別的東西。

但為了有進一步的線索，我覺得還是有必要說一些讓他感覺不大妙的資訊，來顯現我的確有調查的能力。

「那麼，你的兒子可能在使用違禁藥物這個消息怎麼樣？」我這句話一說出口，便聽到電話那頭傳來一陣輕輕的抽氣聲。

隔了大概一兩秒，劉明才略帶怒意地問：「你到底在查什麼東西!?我當時怎麼和你說的？要你別查一些多餘的東西，這件事是假的！謠言！」

劉明的情緒很明顯地出現了波動，在我看來，他正用那一份淺薄的憤怒來掩飾內心的恐慌。

我輕笑一聲，沒有對劉明的指責反駁什麼，因為我知道，我已經過關了，所以我輕聲詢問：「我可以聽劉藝演奏一次了嗎，劉先生？」

「……」劉明似乎也察覺到自己的失態，再也沒有對我剛才所說的內容繼續深究下去，「明天，明天晚上七點，來我家吃飯吧，就說我的助理病假，你來代一段時間好了。具體的資訊，我一會寄給你。另外，明天來的時候，穿得體面一些。」

做為一個父親，劉明對自己兒子所表現出來的謹慎讓我驚訝。

「明白了，非常感謝你的理解。」

在告別之後，我掛斷電話，心中的疑惑也稍微解開了一些。劉明其實從一開始委託的就是一件事，而不是兩件事。

因為這兩件事在劉明的眼裡，恐怕是有聯繫的，他也懷疑劉藝在吸毒。從小胖子李霍端那裡得到的消息來看，劉藝涉嫌吸毒的事差一點就曝光了，卻被硬生生地壓了下去。

想必就是劉明運用自己的影響力，來保證劉藝目前的清白。並不僅僅如此，恐怕所有人都還沒有找到劉藝吸毒的證據，一切都只是猜測。

因為一旦證據確鑿，劉明恐怕根本不會找人去調查劉藝，他會直接將兩件事放到一塊，並且認定劉藝發揮失常，是因為吸毒後所產生的致幻副作用。

他讓我查劉藝演奏水準的失常，是期望我能找出其他可能導致劉藝失常的原因，因為他絕不希望自己的兒子吸毒。

甚至連傳言也不允許，所以他才會如此激烈地否認劉藝吸毒的事。

「好啦，明天我們去看現場演出。」我轉過身，向依依伸出了大拇指，而她則因為興奮，小臉變得紅撲撲的。

「咿！咿咿！」

✿ ✿ ✿

第二天晚上，我提前打烊，然後帶著書書、依依，還有……

「我不去、我不去！我要看哈姆太郎！」

某隻在依依手裡不斷扭動、發出撕心裂肺慘叫聲的倉鼠，正為了再看一次那不知道已經看了多少遍的動畫而掙扎。

徒勞的掙扎，在依依手裡你還想跑？先減減肥再考慮這件事吧！

我看著在依依緊握的小手中硬生生擠出來、還在不斷顫抖的毛茸茸肥肉……不屑地哼了一聲。

「你哼什麼！你這喪盡天良的窮鬼！」胖次耳朵一抖，似乎聽到了，隨即對我大怒道：「知道現在幾點嗎？你知道下班時間嗎，混蛋!?」

沒錯，這個時間點，正常的工作應該都已經結束了才對……可是這隻胖老鼠很顯然從來沒有上班的時間概念。每一次出去幹活都是推三阻四的，他只是單純想偷懶而已。

於是我微微一笑，「加班。」

「那加班費呢！」

「我還沒跟你算房租呢！還有把動畫片放在我電腦裡的費用！」

「這你都算？你還要不要臉！」

「要臉有錢拿啊？」

胖次無比悲憤地敗退，看我的目光讓我有那麼一丁點不好意思。

「阿樂……」書書向我使了個眼色，我一愣，朝周圍看去，發現一些人從我身邊走過，神情隱隱帶著不屑和厭惡，以及一絲警戒。

又被人當瘋子了，但我不在乎……正當我這麼想的時候，卻發現書書皺眉看著我，我舉起雙手表示投降——

好吧，好吧，我努力變得正常點。

我今天沒有穿休閒裝，而是穿了正裝。可能是很久沒穿的緣故，肩膀僵硬得讓我有些彆扭。

今晚天氣良好，抬頭便能看見夜晚的繁星，可惜被街道的燈光環繞干擾，星光自然遠沒有我店鋪後院處那般誘人。

書書曾經問我，你不喜歡開燈，卻喜歡看星星是為什麼。

我告訴她，因為星光不用電費。對於我的回答，書書卻是搖頭否定，然後說喜歡星光，是因為喜歡寂寞。

我當時笑問，誰會喜歡寂寞？而我得到的答案是……會陶醉在寂寞中暗自神傷的人，都喜歡寂寞，而任何一種情緒濃郁到一定的程度，人都會陶醉其中，不論是正面的，還是負面的。

即便感到痛苦，卻依舊不想自拔；即便不想承認……在咀嚼憤怒、品味悲傷的剎那，或多或少都會感到一絲快感，讓人不忍離開，卻又不想承認自己不願離開。

這麼回憶著，我不知不覺已經走進了劉明家豪宅所在的一樓大廳。

在警衛的通報下，撥通了他家的號碼，隔了一會，還在變聲期的少年嗓音悠然傳來。

「請問哪位？」

我聞言，便按照劉明的要求說道：「哦，我是劉老師的助理代理，昨天約好的，打擾了。」

隨後我聽到了一聲意味不明的輕笑，「歡迎，請進。」

喀嚓！電子鎖開了。

應該是劉藝的聲音，聽其口氣，我隱隱有一絲不大妙的預感。這個預感告訴我，我等會恐怕要面對一位聰慧到讓人頭疼的少年。

「書書？」我回頭看向書書，「怎麼樣？」

書書睜開之前微閉的雙眼，鄭重地朝我點點頭，「的確有物靈，感覺……應該是把小提琴。」

果然，這份委託是我的業務範疇。而劉藝獨自演奏時不用小提琴的原因，估計就出在那把神祕的小提琴上。

當我來到劉明家，門已經開了，門內的劉藝拿出一雙白色的拖鞋，輕輕地放在地上，然後抬起頭，雙眼異常專注地凝視著我，帶著那不冷也不熱的笑容，禮貌地說：「請進，拖鞋在地上。」

隨後他轉身，一邊走，一邊向裡面說——

「爸，人來了。」

第五章

天才的鋒銳，轉變

劉明似乎剛剛洗完澡，頭髮還帶著溼氣，穿著深紅色的睡衣，看到我後點了點頭，「來了啊，差不多剛好吃飯，這是我兒子，叫劉藝。阿藝，叫阿樂哥。」

劉藝見父親說話，轉過頭說：「你好，阿樂哥。」

空氣中帶著淡淡的檸檬香，玻璃製的透明餐桌被擦得一塵不染，精緻的食物被巧妙地堆放在盤中，食物被分成了四份，放在四個座位前。

劉明家實行的是分餐制，晚餐和點心都由蔡媛媛管理，保證家裡每個人都攝取到足夠的營養。必須承認，分餐制是一個合理、並且相對衛生的進食方式。

可是如果在問題家庭中……也會進一步拉遠家人之間的聯繫。

「還合口味嗎？」蔡媛媛客氣地對我微笑詢問，「有馬鈴薯沙拉、牛排、通心粉，其中有你忌口的東西嗎？」

「啊？哦，沒有沒有，這麼豐盛真是……咳！」我受寵若驚地點頭，被邀請到座位坐下，「……太麻煩妳了。」

「沒什麼，平常也是這樣，多準備一人份而已。」蔡媛媛將一只空杯放到我的桌前，「喝酒嗎？還是喝果汁？奶茶也有。」

「謝謝，我喝果汁就可以。」

「阿樂哥，我是不是在哪見過你？」在我對面坐下來的劉藝突然開口問道，

「有點……面熟呢。」

「哦，因為我就住在附近，倒是一直不知道表哥竟然在劉老師這裡工作，最近表哥有事，所以讓我頂一下。」我心中微微一動，用準備好的腹稿回答這個我早有預料的問題。

劉藝聞言，點點頭，也不再多說。

畢竟住址實在離得太近，可能真的見過也說不定。不過……這個問題如果是隨意說說也就算了，若是劉藝心有警戒，那就棘手了。

因為這代表劉明調查自己兒子的事早就暴露。

他可能不相信任何人……我看著劉藝，卻依舊看不清少年眯成一條縫的眼中，究竟藏著什麼。

「阿樂，應該在左邊房間裡。」書書在我身後說道。

我沒有回應書書，因為我不想在劉藝面前暴露出不尋常的一面，尤其這一次

還有一個偽裝的助理代理身分，盡量不要做節外生枝的事。

今天，只是來收集情報的。

「阿藝，阿樂說他很想聽聽你的小提琴演奏，等一會吃完飯，讓他聽聽。」劉明坐到椅子上，神情淡漠地說道。

「哦？」劉藝看著父親的臉，嘴角微扯，然後轉過頭對我謙遜地點點頭，「好啊，但我拉得不是很好，請多指教。」

「太謙虛了，我可是住這附近，早就聽說劉老師的兒子從小便是音樂神童。」我樂呵呵地恭維，同時雙眼緊緊盯著劉藝，「如果能聽一下，和朋友聊天也能吹噓幾句。」

劉藝的表情沒有太多變化，可能是被誇獎慣了，所以他沒有表現出多少情緒反應，只是禮貌地回了一句：「沒那麼誇張，謝謝。」

從進門開始，我就發現劉藝是個相當謹慎的孩子，他的應對都很知禮，待人接物近乎沒有瑕疵，卻全是客套話，從頭到尾都沒有洩漏出一點關於自己的事。

喜好和脾氣，甚至用詞習慣我都沒有抓到一點感覺。一般來講，每個人都有自己的說話風格和方式，即便模模糊糊無法確切判斷出來，但基本的印象還是會有的。

所以如果接觸的時間夠長，通常都會有「如果是某某，一定會這麼說」之類的猜想。

雖然我並沒有指望僅僅一個晚上就對劉藝有足夠的瞭解，但完全沒有辦法從他的語句中找到任何風格，還是出乎我的意料。

我之所以想到劉明家來聽劉藝的演奏，更大的原因是我覺得，一個人在自己的地盤相對容易放鬆，也容易暴露更多性格資訊。

但劉藝，除了客套，還是客套。可表現出來的又不是那種不擅言辭的寡言少語，而是說得不多不少，卻讓人容易忘記他所說的每一句話。

即便在自己家……他也一直繃著弦嗎？

「吃吧。」蔡媛媛最後坐到我的旁邊，對我說：「別客氣，不夠的話再添。」

「哦哦，謝謝。」我這才低下頭，看著面前的食物，聽到牛排在依舊熱燙的鐵板上發出的滋滋聲，深深吸了一口，然後把嘴裡突然分泌出的大量唾液嚥了下去。

一旁還擺著一塊蟹殼，蟹殼上盛放著起司奶油通心粉，上頭點綴綠色的香芹粉混著隱隱帶有蟹黃的橙紅色澤也讓我食指大動。

我拿起刀叉，從牛排上切下一小塊，發現這一刀切得異常順利，有些擔心牛排是不是烤過了，卻發現內層竟呈現紅色。

肉的品質這麼好？劉明家的家境果然非同小可啊……

將微燙的牛排放進嘴裡、咬下的剎那，飽滿的肉汁混著一抹並不熏人的腥甜在嘴中擴散，牛排的肉質比我想像得更加優秀，咀嚼的同時幾乎感覺不到肉筋對牙齒咬合的阻礙，柔軟嫩滑得讓我難以置信。甚至當我略帶不捨地將其嚥下後，依舊能夠隱約感覺到其中蘊含的一股甜香。

這簡直就是一塊入口即化的奶油……我從來沒吃過這麼好吃的牛肉，好吃到都要流淚了。

以後吃不到了怎麼辦……

「澳洲的？」劉明咀嚼了幾下牛排後，突然眉頭微皺，用刀點了點牛排。

「這個月澳洲和牛便宜了不少，所以沒從川口先生那裡進貨。」蔡媛媛略帶歉意地笑了笑，「不喜歡？」

「很不錯。」劉藝突然插口說道：「我覺得比上個月的好吃。」

劉明一愣，瞥了一眼劉藝，輕輕應了一聲後，便沒有再說話。

還是別想以後吃不吃得到了！這是頂級和牛啊！這一頓飯得花多少啊？劉先生，這頓飯我不吃了，你給我折現行不行！

我強忍著別用連珠炮彈的方式說出這段丟人的臺詞，心痛和幸福的感覺從未如此複雜得讓我糾結。用勺子將溫熱的通心粉一勺提起，起司連接的絲線頓時被拉得長長的，我小心地將嘴靠過去，一口塞進嘴裡……

起司混合奶油的甘醇被蟹黃的鮮美突顯出來，順著濃郁的口感黏附在口腔中的每一個角落，彷彿一瞬間擁有味蕾的不僅僅是舌頭，上顎、咽喉……甚至順著一道熱流進入胃部的柔軟觸感所帶來的美味，也變成一道電流逆襲而上。

對我來說，這是人生中少有機會經歷到的豪華一餐。當我將最後一點馬鈴薯沙拉塞進嘴裡，讓嘴裡的溫度徹底降下來後，我就將刀叉放下。

「還吃得下嗎？我再給你一份？」蔡媛媛看到我拿起紙巾擦嘴，似乎很滿意我對食物的態度。

我的確還能再吃一些……但這種貴重的食物我實在不太好意思再開口討要，於是忍著內心的煎熬和痛苦，擠出笑容回答：「不，我夠了，味道很好，吃這些剛剛好，再吃胃就不舒服了。」

蔡媛媛猶豫了片刻，才點點頭，「那我就不勉強你了。」

求求妳勉強我一下啊！妳身為有錢人的霸氣呢？

「我去準備一下，請稍等。」吃完飯，劉藝站起身，對我說道。

「呃，才剛吃完飯……」我微微一愣，對劉藝的積極有些奇怪，「不必那麼急的，你可以休息一會再……」

「我習慣按照自己的步調來。」劉藝笑吟吟地說出的話彷彿意有所指，讓劉明的臉色微微一變，「好不容易來一趟，總不能空手而歸，對吧？」

糟了……這小鬼，出乎意料的精明啊。

雖然事態變得有點麻煩，我卻發現自己竟然一點都不覺得懊惱，因為我開始覺得這個委託會變得很有趣。

這和錢無關，僅僅是感覺到一種氣味，一種恍若來自劉藝靈魂深處、有些異常的氣味。

劉藝走進房間後，我看了一眼劉明，而劉明對著我搖搖頭，我明白他的意思——他是在說他什麼都沒透露。

我也真的是大意了，竟然被高中生發現端倪，太小看他了，我應該再謹慎一些……不，劉明找我的時間太晚了，根本沒有辦法在短期內神不知鬼不覺地探查出底細。

我輕輕笑了一聲，不再看向劉明。事到如今，也沒有必要再去提醒他到底做了什麼蠢事——不管劉明有沒有透露、不管劉明今天帶什麼人進來，劉藝都不會信任。

劉藝應該早就知道父親有僱傭徵信社的人調查他。

而劉藝最近的水準失常，不僅劉明知道，他自己也清楚。而最重要的是，劉明如此驕傲的人，怎麼會在兒子發揮不穩定的時候，特地讓人來聽兒子的演奏呢？

換句話說，從劉藝發揮失常的那一刻起，劉明就盡量迴避讓兒子在他人面前演奏的可能性。今天，偏偏我這個突然冒出來的人，以他父親「助理代理」這種牽強的身分來他家，並表現出想要聽一聽劉藝演奏的意願……

如果說一開始是因為最近被調查而抱持著懷疑，那麼最終會確定，一定是劉明開口提出這個要求的時候。

這個劉藝，要比劉明精明多了……

在我檢討自己的行為疏忽中，劉藝的門開了，只見他拿著一把橙紅色的小提琴出來，小提琴看上去保養得很好，表面不僅被擦得很亮，也看不到絲毫磨損。

「阿樂，就是他。」書書指著劉藝手中的小提琴說道。

我不動聲色地仔細打量了一下那把小提琴周圍，發現似乎沒有露出物靈的樣子。

估計是沒有名字的物靈，無法將自身具現化。

劉藝走出來後，看了我們一眼，也不說話，只是瞇著眼將小提琴架上左肩，然後深吸一口氣，右手拿著琴弓一拉，左手手指按在琴弦上輕抖著……

一首略微低沉卻充滿抒情氣息的熟悉樂曲響了起來，這首曲我似乎在哪裡聽過，卻叫不出名字。

「《沉思》，阿樂，這首曲叫《沉思》，出自歌劇《泰伊思》（註1），所以也被稱為《泰伊思冥想曲》，是世界級的名曲哦。」

書書一邊聽著，一邊向我解釋這首曲子的來歷──她真的好像百科全書。

但她從來不肯幫我考試作弊……如果她肯幫我，我的學習生涯該是多麼輕鬆愉快啊？

嘖，總之，她真是一枚不知變通的書籤。

等等，沉思？

我突然想起劉明和我說的那件事──

「今年他在自己的生日宴會上，拉了一曲小提琴，按照他之前和我說的，是法國馬斯涅先生創作的《沉思》……」

為什麼偏偏又是這首？這首是他第一次發揮失常的曲子吧？是巧合嗎？

註1　馬斯涅在一八九三年所著。劇情概要為一個妓女被修道士感化，脫離紅塵，皈依宗教尋求寧靜，但失去快樂死去的故事。

「咿……」一個帶有下滑音符的呢喃、充滿失望語調的童聲響起。依依在書書的懷裡，噘起嘴巴看著劉藝的演奏。

依依很失望的樣子，為什麼？他明明拉得很好聽啊……我看了看劉明，發現他也面帶微笑，似乎很滿意兒子的表現。

奇怪……的確有點違和感，是有哪裡不對勁？

我若有所思地看著劉藝，隨即我便發覺了問題所在——劉藝面帶那招牌微笑，優雅地演奏著。

不對！

這不是劉藝演奏時真正的樣子，我看過他在自己房間裡、用不存在的小提琴演奏的樣子……相差太多了。

如果沒有在監視器裡看過劉藝真正的樣子，恐怕我不會覺得他此刻的模樣有什麼不對。但是如果經過對比，我可以肯定地說，他根本沒有投入，至少沒有在自己房間裡演奏時那般投入。

然而不管怎麼說，劉藝此刻的演奏至少讓劉明很滿意，也就是他的演奏並沒有問題，至少在這一次，並沒有出現發揮失常的情況。

一直到劉藝演奏結束，似乎都沒有出任何岔子；而那把小提琴，也沒有表現出任何異常。

這把小提琴真的有物靈？我疑惑地看向書書，而書書則是無比肯定地對我點點頭。

一曲演奏完畢，劉藝的額頭微微冒汗，氣息倒還算平穩。

「雖然說不出來，可是真的很好聽。」鼓掌完後，我笑著指了指他手上的小提琴，「可以讓我看看你的小提琴嗎？」

「為什麼想看？」劉藝眉毛微微一挑，看了我良久，正當我以為他要拒絕的時候，卻見他微微一笑，將小提琴遞了過來，「那就看看吧……」

唔，他的反應，似乎是對這把小提琴的特殊有所感覺。

我從他手上接過小提琴，小心地撫摸了一下琴弦，翻轉一圈看了片刻，確認的確沒有物靈存在，於是輕輕地說了一句——

「你叫小弦。」

沒錯，我在試著給這把存在物靈的小提琴取名，以此來完成物靈誕生的最後一步，如果誕生了物靈，也許就會有些不一樣的進展了。

而我滿懷期待物靈將自身具現化的剎那，卻愕然發現……

「為什麼沒有？」

我瞪大眼睛看著手中的小提琴，這把小提琴一點動靜都沒有，彷彿真的只是一件死物而已。

「阿樂哥，你在說什麼東西沒有？」

劉藝不知何時站得離我極近，我抬起頭看著他一成不變的笑容，卻莫名感覺到他周身所散發出的冷意，只見他伸出手——

「可以還給我了嗎？」

「啊？哦哦，不好意思。」我意識到自己有些失態，連忙將小提琴交了出去。

劉藝接過，向劉明提了提小提琴，示意自己回房去放置。劉明點點頭，待劉藝離開後，站起身來對我道：「走吧，我送你。」

我自然有所預料，知道劉明是想和我私下說話，於是點點頭。隨後他就回房間換了一套灰色的夾克和黑色褲子走出來。

知道我要走，蔡媛媛和劉藝來到門口和我道別，蔡媛媛看了看劉明，欲言又止……

「一會就回來，耽誤不了多久。」劉明略帶不耐地說。蔡媛媛神情一鬆，沉默地點點頭。

劉藝對此沒有發表什麼意見，只是微笑著和我說：「再見，有空下次再來。」

你真的希望我再來嗎？

我客氣地點點頭，便跟著劉明下樓。我們之間沒有說話，直到出了豪宅，劉明才開口：「今天來我家，有收穫嗎？」

「有一點，不過，我還需要劉先生告訴我更多的資訊。」

「你還想要知道什麼？」劉明微帶不滿地看了我一眼，

「劉先生認為自己的兒子會吸毒嗎？」

「你！」劉明的神情猛地變得憤怒，伸出手指著我卻彷彿不知道該說什麼，而我則毫不退讓地看著他——直到他垂下了手臂。

「我不知道。」他露出了些許頹然，「我和他談過，但真的不敢肯定。他在學校裡出現精神失常的情況，所以當時懷疑他使用了致幻劑一類的毒品，不過事情被我壓了下來。我問他到底有沒有吸毒，他卻只回了我一句話……」

「什麼話？」

劉明用一種很詭異的口吻說道：「『吸毒？我沒有，我才不會吸那種東西，你放心，我絕不會犯法。』他是這麼說的。」

這是正面的回答，但奇怪的是，明明只是問吸毒，劉藝為什麼要特地強調自己不會犯法呢？

並不是說他這些話有什麼不對，但我總覺得這不是劉藝的作風。至少從今天看來，他是個不喜歡說廢話的人，也不喜歡做一些多餘的事節外生枝。

然而除了這些，我還是有些在意劉明的看法，畢竟劉藝是他的兒子，他的想法應該具有一定的參考價值，「那你是怎麼想的？」

「……我覺得他沒撒謊。」劉明搖搖頭，「但肯定還瞞著我什麼。」

僅此而已嗎？我不由得有些失望，旋即繼續問出下一個問題，「那這點我們先不談，我還想問，對於劉藝手上的小提琴，你有什麼瞭解嗎？」

「小提琴？那把小提琴怎麼了？」劉明似乎不明白我問這個的用意，愣了一下後隨即臉色微變，似乎想到了什麼，「那把小提琴有問題？是不是裡面……」

「裡面沒有毒品，別亂想。」我聽了劉明的話不禁哭笑不得，連忙擺手否認他的猜測，「這個部分是我的業務範疇，劉先生你照實說就好。」

劉明頓時神情一鬆，顯然他也實在不想看到自己兒子吸毒的證據，「那把小提琴，是我前妻買給他的，具體細節我不是很清楚。」

「不清楚？」

「嗯，因為我和前妻感情不睦，離婚之後，撫養權的官司我打輸了，所以阿藝是跟著他的媽媽……只是三年前，他媽媽去世了。」劉明的口氣也不知是慶幸還是惆悵，滿是感慨，「阿藝這孩子又回到我的身邊，也才總算沒被他媽媽給毀了。」

「毀了？」我隱隱覺得這是一大關鍵，「為什麼這麼說？」

「和我離婚後，劉藝在音樂上的進步就慢了很多，他媽媽根本就不會教。」劉明滿臉不屑，似乎極為嫌棄那個耽誤自己孩子的女人，「後來回到我身邊了，由我親自教導，他才有現在的成就。我那前妻……哼，本來就是什麼都做不成的人，她來教？根本就是誤人子弟，好好的苗子差點就被她毀了。」

對舒蓮的評價如此不堪嗎？

我微微皺起眉頭，就算是離婚，這樣說自己曾經的妻子，實在有點……

「留步吧，送到這裡就可以了。」不知不覺，我們已經走出了豪宅的社區大門，我停下腳步，「我還需要回去整理一下。」

「你還沒有告訴我有什麼進展。」劉明頓時有些不悅，我知道他開始對委託的事產生了一絲不安和希望。

他看到了前進的可能，方向盤卻不在他的手上。

「現在還沒有辦法下結論，請再給我一些時間吧。如果現在說出來，我覺得可能會影響我的下一步調查。」我似笑非笑地看了他一眼，他沒有說話，我知道他是默認了。

「唔，不過劉先生，我可以給你一個建議。」

「什麼建議？」

「讓那些徵信社停止調查劉藝吧，他們查不到的。」

劉明微微一愣，猶豫了一下後，還是搖搖頭拒絕了我的提議，「你怎麼知道他們一定查不到？多一條線，多一點希望不是嗎？離維也納之行剩下不到一個月，我不差那點錢。」

因為這個委託，應該只有我才能完成。而且託那些人的福，我的存在被提前暴露出來了。

劉藝不會再相信我。

這些話我沒有說出口，因為我覺得劉明一定會覺得我過於狂妄，況且我手上並沒有實質的證據，所以只好不再勸他，便輕嘆一口氣，「好吧，這僅僅是建議而已。」

隨後我便和劉明道了別。

時間已經晚上十點，路上的人漸漸少了起來，但依舊有幾家店燈火通明。迎著那些略顯刺目的光芒，我不由得微微瞇起眼睛。

「書書，那把小提琴，妳知道是怎麼回事嗎？」

「不清楚，但裡面真的有靈。而且，感覺上應該不是最近才出現的。」書書抱著到現在還嘟著嘴的依依走在我身邊，「從氣息的感覺來看，已經很穩定了。」

那麼就只剩下兩個可能——

一個，是他不願意出來。

另外一個，是他不能出來。

是哪一種？如果是不願意出來，那麼應該是物靈懼怕出來後的後果吧？假若是這樣，弄清楚這個後果是什麼，將會是一個突破點。

但如果是不能出來，那麼可能還需要滿足某一個條件，才能讓物靈具現化到外部。不過就算不能出來，連發個聲都做不到嗎？還是說，連這個都需要達成某個條件？

「我……我吃不下了……」胖次在依依的頭上迷迷糊糊地說著夢話，打斷了我的思路，我不由得沒好氣地看了他一眼，但想了想，還是沒把他叫醒。

「唔……我是哈……哈姆太郎，你才是胖次……你全家都是胖次……」

這混蛋不是故意裝睡然後罵我吧？我一邊惡狠狠地瞪著他，一邊咬牙切齒地想著，開始猶豫要不要讓依依教訓他一下，但隨即一道靈光如電流般穿過我的大腦。

等等……

考慮那兩個可能之前，其實還有一個問題——

那把小提琴，真的沒有名字嗎？

無法確定，對於那把小提琴的瞭解還是太少了。想到這裡，我感到有些頭疼，便決定暫時將這個問題放到一邊，「書書，我不太懂音樂，妳覺得，他小提琴拉得怎麼樣？」

書書聞言，猶豫了一會，說出了一個讓我意外的答案：「完美。」

「這麼厲害？」我訝異地揚起眉毛，「我以為只是普通水準，畢竟感覺他好像沒有盡全力。」

「咿咿咿！」依依在書書的懷裡使勁點頭，附和著我的話，看來她很氣憤。

「不，他盡全力了。」書書搖搖頭否定了我的說法，「他演奏的時候，你別看他好像很輕鬆的樣子，其實精神很集中，從頭到尾，全部都和原曲的要求契合，一點錯誤都沒有。雖然這首曲子並不算太難，我可以理解他為什麼能在那麼多比賽中得到好名次了。

「他是天才嘛。」我聳了聳肩，畢竟劉藝在音樂上的天分，在這附近一帶可是人盡皆知。

「不。」書書的口吻不知何時開始變得有些憐憫，「這已經不僅僅是『天才』兩個字就能全部解釋得了。這種純熟度，完全就是把一首曲子練習了無數遍的結果，他根本就已經不是用腦子在記樂譜，而是他的身體已經記住了，反應比他的大腦還快還要精確，如果他會的曲子不少，而且其他樂曲也是這樣的話……就太可怕了。」

「為什麼？」

「因為這根本就不是練習，是虐待。」書書用手指輕輕捏了一下依依的臉蛋，神情寵溺中帶著絲憐惜，「我根本就無法估計他到底花了多少工夫，即便再喜歡音樂，這種長期的疲憊……會讓人受不了的。」

聽書書說的這番話，我心中驀然升起一股寒意，腦中想起劉藝那不變的微笑，那讓我感到無比疏離的笑容——

他真的……喜歡音樂嗎？

如果他不喜歡音樂，卻吃了那麼多的苦頭，那他的內心到底……嘖，不會是因為想要發洩鬱悶，才去吸毒的吧？

這個年紀的青少年往往有一些衝動的部分，如果真做出一些奇怪的事，倒也不是太讓人驚訝。

畢竟，不存在後悔的青春，都是衝動的青春。

第六章 靜默的背後，搖滾

「嗯、嗯，謝謝、謝謝李老師，您能配合實在太好了，再見。」

我坐在臥室的電腦前，將手中的通訊切斷。

這是我讓八戒查到的評委電話，這位李姓評委曾經在三年前的一次音樂比賽中出席。

「怎麼樣？」書書說話的時候微微帶著笑意，因為她正好看見拍檔腦袋上的帽子被胖次一個飛撲弄掉，露出了光禿禿的頭頂，隨後拍檔便開始殺氣騰騰地追殺某隻無良的倉鼠。

但我覺得……主要是書書也在一旁看到禿頂的緣故，才導致拍檔失去理智，否則照道理說，他畫點東西完全可以追到胖次，

「你這該死的庸人老鼠嗷嗷嗷嗷！竟然在我的女神面前……」

我看著打鬧的他們，無奈地搖搖頭，對書書說：「的確有問題，但評委好像也不知道具體的情況。」

被我發現存在問題的，是三年前劉藝所參加的清揚小提琴音樂比賽。

原因是這場比賽，是劉藝最近一次沒有拿到名次的比賽，並且是少數不給予

評定的結果，也就是在那場比賽中，評委甚至連最基本的評價都不願意給，直接就把他淘汰了。

這在劉藝的演奏生涯中十分少見，沒有評定的紀錄只有兩個，一個是七年前，他親生父母快要離婚的那段時間。

而另一個紀錄就是三年前的比賽。同一天，舒蓮自殺。那天的比賽在上午，而舒蓮則是下午被發現在浴缸中割腕。

第一個發現者，是劉藝。那一年，他國中一年級。

在那之後，劉明做為親生父親，得到了劉藝的撫養權。但後來的整整十四個月，劉藝沒有參加過任何一場演出，或者比賽。

十四個月後，劉藝重新復出古典樂壇，演奏功力突飛猛進。如果說七年前的劉藝是音樂神童，那麼擁有一年多空白期後的他，則擁有了令人驚嘆的職業技藝。

在那一年後，他參加的任何一場比賽，都是NO. 1，再無敗績。

那短短的十四個月究竟發生了什麼事？讓一個原本還略帶吹捧性質、所謂的「音樂神童」，一下子變成了炙手可熱的「天才小提琴家」？

難道，物靈在那十四個月之中覺醒，然後給了他神奇的音樂天賦，類似當初的祝泉嗎？

「咕咕！主人，下午一點半了，咕咕！」

布穀的聲音從門外傳來，打斷了我的思考，這才想起今天叫醒布穀後，讓他提醒我一下的事。

我今天要提早打烊，因為我要出門，目的是跟蹤劉藝，今天是我跟蹤他的第三天。

早上是劉明開車送劉藝去學校，再加上最近劉明緊張兒子的關係，應該會盯著兒子進學校再走。我相信劉藝就算要做出一些非常規的舉動，也應該不會是在早上。

至於非常規的舉動，是我想看到他在哪裡接收毒品，以及處理毒品的方式和流程。我並沒有著眼於學校，雖然在學校完成交易和處理容器並不是不可以，可在最近他才被學校懷疑的情況下，我並不覺得他會在學校裡處理這些事情。

而前兩天我跟蹤他回家，並沒有發現太多異常的情況。劉藝幾乎都是一個人回家，很少和他人打招呼，甚至別人遠遠地叫他，他也是掛著耳機聽音樂。不知道是真的聽不到，還是只是單純的不想理人，只有等到別人走到跟前，他實在避不過了，才會勉為其難地和他人交流。

他在這所學校似乎沒有朋友，卻也沒有仇人——可能所有人都能感覺到他有一絲疏離。

是天才的恃才傲物嗎？

這不重要，重要的是，他到底是從哪裡入手毒品的？尤其是劉明已經找了這麼多徵信社，卻似乎一點消息都沒有查到。

我將書書、胖次，以及依依放在身上，隨後看了看天，發現老天爺好像沒有下雨的意思，不由得有些彆扭。

彆扭的原因不是別的，是因為我需要撐一把傘上街。

「長舌，今天還得麻煩你一下。」我從旁拿出一把黑色直柄傘，一邊打開店門，並隨手將大牌翻轉。

長舌極度缺乏安全感，非常討厭被太多人注視的感覺，寡言少語，在店裡可以說是最沒有存在感的物靈，一個不小心就會把他給忘了。

聽到我的話，一隻全身雪白的雨蛙突地出現，用鮮紅的雙眼盯著我，同時以一種很詭異的語氣問道：「還是尾行？」

我點點頭，他就不再說話，只是用前肢略帶興奮地摸了摸雨傘的傘骨——他是在高興。

也不知道他的前主人到底是幹什麼的，我完全無法理解為什麼能將一把傘培養成這種擁有偷窺狂嗜好的性格。

今天是星期五，根據我所查到劉藝的課表來看，他很有可能會提早離開校園。因為最後一堂課是社團活動，而劉藝所參加的音樂社，是可以在外活動的社團。

也就是說，他可以提前離開校園，而且禮拜五的回家時間，也是一個星期中最晚的一天。嫌疑最大的，應該就是這一天了，剛好有足夠的校外時間讓他做一些事。

我到達春明高中門口時，距離我預計他離開校園的時間還有足足半個小時，但我也不想輕易走開——算了，保險起見，我還是開始準備吧。

於是我便走到角落，待周圍無人注意後，打開了傘。

「長舌。」

「呱～～」一陣悠長的蛙鳴過後，長舌全身雪白的身軀開始變得逐漸透明，我甚至看得到長舌表皮透明後，那微微跳動的內臟。而隔了大約兩秒之後，那股透明的力量開始蔓延，讓雨傘也漸漸從我的眼前消失，最後順著傘柄，彷彿墨水落入了海綿一般，透明的色彩從傘柄處順著我的手腕蔓延。

最後，似乎連我都消失在這個世界上了。

我隱隱看到自己透明的輪廓，但這是因為在傘中，對於傘外的人來說，恐怕連輪廓都不會注意到。他們雖然看得到輪廓，卻只會視而不見。

因為長舌的能力發動後，並不僅僅是變得透明，還會讓傘下者的存在感也變得幾近虛無。

我感受著彷彿詹姆士·龐德的車上，那光學迷彩技術的能力效果，不由得喃喃自語：「還真是方便的能力。哎，可惜我沒勇氣當賊……不然就發財了。」

「還是偷看別人有趣。」可能是覺得他人看不見自己，長舌的聲音中氣在此刻足了不少，話也變得多了起來，「偷東西，犯法的。」

跟蹤狂難道不犯法？我忍不住翻了個白眼。

「阿樂，那個人有點奇怪。」書書的聲音突然在我身邊響起，我模模糊糊看到書書伸出手臂的透明輪廓，向春明高中對面的一個小攤比去。

那好像是一個做捲餅的攤舖，前天我來這個學校的時候有去買過，很便宜，我只花了六十，就可以根據自己要求放一些生菜、熱狗、培根以及雞蛋等等，加上蛋黃醬恰到好處的澆淋……嘖，算了，之後還是別吃為妙。

至於為什麼？因為我回家後第二天上廁所的次數，比一個禮拜的還要多。

而此刻，一個身穿灰色外套的男人正坐在這個攤舖的小桌子前……的確奇怪，因為前兩天我也看過他。我走上前去，打量著對方，這個男人大概四十出頭，風塵僕僕，戴著一副墨鏡，面無表情，下巴上略微粗糙的鬍碴讓我看著都覺得有些扎人。

他坐在椅子上，桌上有一盤吃了一半的捲餅，還有一疊花生，再加上一罐啤酒，看起來倒是很悠閒，時不時觀望周圍。

而當我看到放在他手邊的那疊報紙時，不禁微微一愣……這份報紙的發刊日期是前天。一般來講，報紙的銷售點大多只會賣最新一期的報紙，而買的人也應該如此。

除非特殊需要，否則資訊自然是越新鮮越好。

這說明這份報紙他在前天就已經買下了。什麼樣的報紙會需要看三天？除非……他從一開始就沒心思看報紙。

原來如此，竟然現在才發現，我也真是遲鈍了不少。

他應該是徵信社的人，是接了委託來調查劉藝的吧？不過比起我這種需要依靠長舌的外行人，很顯然他才是專家。

因為書書和我說，這個人在我們開始跟蹤劉藝的第一天就已經在這裡了，而我一直沒有察覺到，原因是他天天都更換不同的裝扮。

而他的衣服全都很不起眼，約莫七八成新，說不上髒，也說不上乾淨，似乎是洗完兩三天左右的樣子，完全不會在別人眼中留下印象。

而書書，則單純是依靠記憶力，記得這個人的面容，即便他戴著墨鏡，看不清全部長相，書書還是將他認了出來。

他用筷子夾起一粒花生放到嘴裡，嚼了兩下後，神情微微一動，隨後從口袋裡掏出一張鈔票，無聲地向老闆打了個招呼，將錢放在桌子上。

隨後他拿起報紙開始翻看……不，錯了，應該只是裝樣子而已，因為他戴著墨鏡，到底是不是真的看著報紙，還很難說。

因為劉藝和一群學生一起出來了。

那些學生每個人身上都背著樂器，看來是音樂社團。而劉藝走在其中，臉上依舊掛著招牌式的笑容，時不時和周圍的同學說上幾句，不冷不熱。

劉藝他們一群人出了校門後，便向右側走去。

嚼著花生的中年男子並沒有立刻起身，只是慢條斯理地折好報紙，向老闆點了點頭後才開始緩緩跟上那一群學生。

他穿過馬路，遠遠地吊在他們後面，而我本也想同時跟進，卻因為過馬路有車而落後了一些。

在長舌的能力下，只要我站在傘下，那些車和人都看不見我，所以只好由我去迴避他們；否則被撞了，就只能自認倒楣。

所以我乾脆等一波車都過去後，才開始跟蹤那個男人，我並不心急——反正跟著螳螂，蟬一樣跑不了。

隨後出現了新的狀況——最前面的那一批學生大概有八、九位，可是在十字路口時，突然走出兩個人，和大部隊分道揚鑣了。

我瞇起眼睛，仔細辨認後發現，走出去的兩個人中，有一個就是劉藝。

果然，參加社團活動只是幌子吧？

而在我身前跟蹤劉藝的男人，也再一次證明了我之前的猜測沒有問題。他拋下其他人，繼續遠遠吊著劉藝的身影。

他小心地跟在後面，根本沒有接近劉藝的意思，應該是怕接近劉藝，會讓對方察覺，即便沒有交流，讓劉藝記住他的臉也是一件很麻煩的事。

可是我沒有這個煩惱。

再接近一些也好，沒關係的，劉藝發現不了我。這麼想著，我遂加快腳步，越過那個男人，直接走近劉藝他們。

在劉藝身邊的是一名短髮少女，從剛才還沒有接近開始，我就看到這名少女不停地和劉藝說話。她臉上洋溢著笑容，即便從側後方看到她的半張臉龐，也能感受到少女的緊張和羞澀。

當我漸漸接近，便開始聽到少女的話。

「……阿藝，不去和他們練一下好嗎？聽說你要出國演出了對吧？」

「……」劉藝還是戴著耳機，沒有理會。

「聽說上次你爸爸來學校了，你沒事吧？」

「……」

見劉藝依舊不理睬，少女不由得噘起嘴，伸手扯下劉藝右耳的耳機塞，「阿藝，你不要一直不理我啊！」

劉藝轉過頭，看著少女，無奈地笑笑，「妳剛才說什麼？」

少女張了張嘴巴，似乎剛才一大堆想說的話，在劉藝真正理會她的一瞬間都堵在喉頭吐不出口，「你幹麼老戴著耳機啊，又不安全對耳朵也不好，還說不了話。」

「因為好聽。」劉藝笑咪咪地說了一個很沒有營養的理由。

「你在聽什麼歌，也給我聽聽嘛～」女孩的聲音中透著一股嬌憨，讓人不由得心軟。

劉藝卻似乎無動於衷，緩慢而堅定地搖頭，「不好，給妳一個耳機，音樂效果就差了。」

「喂！你……」少女滿臉氣憤地瞪著劉藝，他則笑容不變、油鹽不進的樣子。

不知不覺，在少女絮絮叨叨的吐槽聲中，他們走進了小巷。小巷裡有點潮溼，地面不平，積滯著一灘灘看起來不怎麼乾淨的水窪，樓道裡還有人掛著衣服。整體缺少陽光，帶著一股陰溼的冷意，讓我有點不舒服。

「……所以我說，你下個月就要……」少女片刻不停地說著，似乎終於讓劉藝感到了些許不耐，只見他擺擺手，微笑著說了一句：「好了，我先辦一下正事，一會再說。」

辦事？什麼事？

我隱隱有些緊張，卻看到他停下腳步，掏出手機看了看……而後竟然轉過身，笑吟吟地看著我，「跟了我這麼久，總得聊聊吧？」

怎麼可能！

我忍不住倒抽一口冷氣，只見劉藝笑盈盈地向我走來。我剛要答話，心中卻驀然一動，沉默著迅速讓開。

劉藝從我身邊經過，恍若未覺。

心中大石落地，我知道劉藝看到的並不是我，而是一直跟在後面的那位倒楣鬼先生。

我轉身看去，發現那位跟蹤劉藝的中年男子，正被兩個健壯的青年冷笑著堵在牆角。這兩位青年的打扮看上去確實挺時髦的，但時髦得讓人沒有安全感，一個染著綠色的頭髮，一個鼻翼上戴著兩枚細小的鼻釘，身穿簡單的牛仔褲和T恤，露出手臂上健壯的肌肉。

我跟著劉藝向那三人走去。

「我都說是誤會了，我每天都走這條路回家。」中年男子舉起雙手做投降狀，滿臉緊張，「是要錢嗎？要錢我給，有事好商量。」

「錢？勒索是犯法的，還是盡量不要做的好。」劉藝微笑著走向男子，卻隱隱散發出一種冷意。

「藝哥。」兩個青年喊了這個比自己還要年輕不少的少年一聲，然後其中一個冷笑道：「他還不承認，要不要我們……」

「都什麼年代了，別動不動打打殺殺的，斯文點。」劉藝揮揮手，讓兩個青年放開中年男子。那兩名青年後退一步，卻不散開，顯然不給中年男子任何逃跑的機會。

中年男子此刻額頭已經開始冒汗。

很顯然，他和我一樣，震驚於劉藝所擁有的能量。只見他走到中年男子身前，很體貼地將對方被扯亂的衣服拉挺，隨後帶著狐狸一般的笑容，禮貌地說了一句——

「叔叔好。」

中年男子臉色蒼白地看著劉藝，「這是誤會，我沒跟蹤你，這條路我每天都走。」

「大人應該很少有那麼早下班的吧？」劉藝笑吟吟地問，很顯然他完全不信中年男子的回答。

「我們公司比較清閒，下班早。」中年男子不為所動，胡編了一個理由出來。

「哦，那也許真是誤會。」劉藝不置可否地點點頭，「叔叔，那你家住哪裡？」

「……」中年男子頓時有些不悅，「這個我就沒理由告訴你們了吧？」

「也對，是我問得不好，問得不禮貌，不好意思。」劉藝毫不生氣，接著向身後的綠髮青年伸了伸手，隨即他的手上……就多了一把小刀。

中年男子額頭上的汗，更多了。

別說是他，連我都有點心裡發毛。雖然聽小胖子說，劉藝的確和黑社會有關，但我一直以為，就算有關，估計也就是一個底層的小混混級別。

但看起來，劉藝在這片地方好像混得還不錯。

「那我換個問題，你回家為什麼要走反方向？」劉藝的左手摸了摸胸前口袋，然後掏出兩張照片，在中年男子眼前晃了一晃——

我湊過去一看，發現一張是眼前這男人回家掏鑰匙開門，還有一張，地點也是家門口，是一名婦女抱著一個嬰兒，還有一個小女孩扯著媽媽的手的照片。

中年男子的臉色頓時變得無比蒼白，嘴唇幾乎開始哆嗦了，「你、你怎麼會有這個……」

「你都跟了我快一個星期，那我也只好麻煩別人跟著你回家啊……」劉藝嘆了一口氣，一副我欠別人人情也很麻煩的樣子，「叔叔，你家人知道你在做這個嗎？要不要我讓人去和他們聊聊？讓他們勸……」

中年男子驚怒交加，讓他此刻完全不想聽劉藝接下來要說什麼，「你……」話還沒說完，劉藝突然舉起刀來，狠狠地刺下去──

「嗚哇！」中年男子腿一軟倒了下去，但隨即發現劉藝根本就沒想傷害他，抬頭一看，臉色卻更加難看了。

我能理解中年男子此刻有多麼驚慌，因為劉藝手上的小刀，正將那兩張照片釘在他頭頂的木樁上。不知道是不是巧合，小刀刺入的地方，剛好是那名婦女的臉。

「麻煩讓我把話說完，不要插嘴。」劉藝淡淡地說，居高臨下地看著坐倒在地的中年男子，待對方點頭後，才緩緩道：「現在是和平年代，大家都想安安穩穩過日子，所以手最好不要伸得太長，尤其是別人的家務事。否則別人家的問題不僅沒解決，自己家倒容易先出問題，叔叔你說是不是？」

「ＯＫ，我明白了，小兄弟放我一馬，這單子我不接了。」看來，這名中年男子無論此刻再怎麼不甘，也只好苦笑認栽了，「行不行？今天就最後一次，我以後不跟你了。」

「這怎麼好意思，叔叔也是要養家……」劉藝很和氣地說了一句，但他臉上的笑容如今在我眼裡卻覺得再危險不過。

「沒有沒有，只不過一單……」中年男子話說了一半，卻愕然停下，因為他發現劉藝在嘴脣前豎起一根食指，只好乖乖閉嘴。

「別再插嘴了，我最近耐性不好，聽我說，好不好？」劉藝一手拔掉木樁上的小刀，照片緩緩飄落，卻沒有去撿；中年男子更不敢去撿，只好忙不迭地點頭。

劉藝滿意地笑了笑，拉開書包的外側拉鍊，掏出一張紙，最後又從錢包裡掏出幾張千元鈔，一起遞給中年男子。

中年男子迷迷糊糊地伸手接過，估計完全不明白劉藝到底想幹什麼，只是保持安靜、可憐巴巴地望著劉藝。

「你呢，如果這個委託一直在，以後就繼續跟著我好了。不過如果委託人，或者上司問你查到什麼情況，就按照這張紙上寫的來說。有問題的話，可以寄信給我，上面也有我的電子信箱。」劉藝伸出手，將中年男子從地上扶起來，然後很客氣地替他拍打褲子上的灰塵，「那點錢呢，算壓驚費也好、算僱用費也好，叔叔你就放心大膽地收下，好不好？」

中年男子站在原地，十分僵硬地看著劉藝拍打自己身上的灰塵，哪裡還敢說個不字，只是忙不迭地點頭。

「這就對了，賺輕鬆錢多好。」劉藝呵呵一笑，看上去人畜無害，「謝謝，這段時間就麻煩了。」

「不麻煩、不麻煩。」中年男子乾巴巴地回應。

「嗯，也千萬不要亂講話哦。」劉藝轉身將刀還給身後的綠髮青年，道了聲謝，之後又瞥了中年男子一眼，「否則容易出問題。那我走了，下次見。」

中年男子咕嘟吞了一口口水，一邊目送劉藝離去，一邊艱難地說：「一定一定！」

我憐憫地看著對方——他被一個高中生嚇破膽了。

但老實說，我也有點被嚇到。

我完全沒料到一個還未成年的青少年，做起這種事來竟讓我有種看杜琪峰導演黑道大片的既視感。

並不僅僅是指劉藝所表現出來的氣勢，更多是為他處理這件事的手段感到驚訝。

解決一個偵探跟蹤並不能根除問題，因為既然有偵探A，那自然可以有偵探B。畢竟劉明根本就不缺錢，換一間徵信社再來跟蹤，是完全做得到的事。

所以乾脆將現階段跟蹤的人收為己用，讓他聽命於己，不僅可以使問題明朗化，也可以反過來刺探劉明對這件事的態度。

畢竟，暗中的敵人，要遠比明面上的敵人麻煩得多。

這個家庭……老子根本玩不過兒子啊！和劉藝一比，劉明吃這麼多年的飯簡直就是吃到豬身上去了。但這不是代表劉明蠢笨，只是劉藝實在有點不正常。

這還是高中生嗎？簡直就是天山童姥……偽裝成孩子的妖精……江戶川柯南……

「阿藝，怎麼了？不高興？」當劉藝回到少女身邊，少女似乎發現了些許端倪，也顧不上後面跟著的兩個青年，只是對劉藝小心地問道。

看少女對剛才的景象一副見怪不怪的樣子，我不由得想——看來這名少女也是圈內人啊……貴圈真亂。

劉藝搖搖頭，猶豫了一下，還是說了一句：「沒什麼，我以為最近還會抓到一個人……算了，小事而已。」

他不會是在說我吧？我頓時艱難地吞了口口水。

「既然是小事，我們就快走吧，演出快開始了哦，今天可是新作，你準備好了吧？」

「嗯……」劉藝應了一聲。

「也對，詞都是你寫的，應該沒事。」少女嘻嘻一笑。

這番對話頓時讓我疑惑起來，演出？是關於音樂的，為什麼不和剛才的社團一起走？

直到我跟著他們一直走，走到了一個讓我再一次驚訝的地方。

是酒吧。

是未成年人不得進入的酒吧。

從外面的標識來看，這間酒吧四點開門，現在離開門大概還有十五分鐘，而劉藝他們卻進去了……顯然他們被定義為內部人員。

重點是，這間酒吧雖然很大，有好幾扇門，但每一扇門都很小，讓我根本沒辦法以撐開傘的狀態走進去。而且我相信，裡面應該不少人，即便我是透明的，但磕磕碰碰被人發現的機率很大。

長舌能力的唯一缺陷，就是如果被人碰到了，便會失去隱身的效果。

可我如果收起傘，長舌的能力便無法發動，也沒有辦法近距離跟蹤。

沒辦法，我只好放棄長舌的庇護，等劉藝進去一段時間，再跟進去看看情況。看過剛才那中年人的下場後，我實在不敢近距離地跟蹤劉藝。

即便有隻呼呼大睡的倉鼠在，我也想迴避一些比較尷尬的尖銳衝突。

於是我退到一邊，將傘收了起來，一直等到四點，才走了過去。

第七章 典雅的反面，嘶吼

我很少來這種場所，因為我一直覺得這裡的環境實在太過嘈雜，音樂的音量大到讓人腦仁發疼。空氣中滿是酒精的味道，混合舞池中男女的尖叫，酒桌邊大聲的划拳聲等等，都讓我覺得自己與這個世界格格不入。

同樣的，我也覺得和劉藝格格不入。

如果說古典音樂演奏家給我的感覺，應該是住在一座古老的中世紀城堡裡的話，那麼這個酒吧就是底層的僱傭兵酒館。

格調差得太多，倒是可以理解劉藝不想讓父親知道他在這裡的理由。

這間酒吧總共有兩層樓，二樓只環繞周圍一圈，可以坐的位置並不多，視野良好，但由於我來得比較早，倒是找到一個位子坐了下來。

我並沒有心急地尋找劉藝，因為劉藝並不會在舞池或者酒桌邊，他是內部人員，恐怕還是一名表演者。

人漸漸多了起來，聲音變得越來越吵雜，電子音樂已經響起，但依舊沒有看到劉藝的身影。

「帥哥，喝點什麼？一起喝一點？」

一名打扮無比火辣的陪酒女郎扭著腰肢過來，紅色的小可愛、齊臀的黑色短裙，濃妝豔抹的臉對我滿懷熱情地一笑。

我摸了摸鼻子，確認自己的確沒有流鼻血，不由大讚自己在八戒的摧殘下功力日漸加深，同時卻也在想該怎麼回答面前這位恨不得把我錢包刮下一層皮的女人……

打我錢包主意的，都是敵人！

不過話說回來，人家只是過來想和我喝點東西，這樣拒絕人家不大好吧……

本著日行一善的想法，我猶豫了一下，一咬牙，決定還是和她喝點，「……百事可樂。」

「……」

咦，為什麼氣氛變得好尷尬？

女子的笑容有點僵硬，「抱歉，我沒聽清楚，帥哥你喝什麼？」

「……百事可樂。」

「……」

然後女子走了，連一聲招呼都不打，真沒禮貌。

「哦哦～又是一個被窮鬼氣場趕跑的人啊！她的決定是對的！」胖次在依依的腦袋上得意洋洋地嘲諷，「來這種地方喝可樂，這份勇氣已經超越廉恥的界限了。」

我頓時覺得臉頰微微一熱，有些尷尬地低聲說道：「閉嘴！胖次！」

「叫我哈姆太郎！你這變態！」

「嘿嘿，胖次！」

「你這……」

突然酒吧內的音樂變了，不僅音質變得清晰且激烈起來，旋律也漸漸有了一種瘋狂的意味。我轉過頭去，發現臺上出現了五名年輕男女正在演奏一首搖滾歌曲。

一聽到前奏，我就知道是日本樂團「凜冽時雨」的作品中，一首叫做《Enigmatic Feeling》的曲子。因為曾經挺喜歡這首曲，所以印象深刻。

隨即當我看到一名滿頭白髮的少年身穿緊身黑色皮衣、激烈地彈著吉他時，我忍不住倒抽一口冷氣……

雖然我有一點心理準備，但還是沒料到劉藝竟然打扮成這樣。同時看到他臉上沉醉的表情，我不由得想起那天他在房間裡拉不存在的小提琴的樣子。

我看到他和剛剛那位女生一起站在主唱的位置上，不禁有點擔憂——這首曲子不僅是日語，而且我記得還很激烈，他一個高中生……搞得定嗎？

「既然是小事，我們就快走吧，演出快開始了哦，今天可是新作，你準備好了吧？」

「嗯……」

「也對，詞都是你寫的，應該沒事。」

我的腦中突然浮現他們剛才的對話，不由愣了一下，不會就是這首吧？劉藝把詞改了？

當我這麼想的時候，我被一陣略帶癲狂氣息的演唱嚇了一跳。歌詞的確被劉藝改成了中文，他唱出來的一瞬間，整間酒吧的氣氛變得火爆起來——

音符的心溶解於瓶中，

困在囚籠中嘶吼，
鮮血染紅了浴缸以後，
再也聽不見求救，
（來自愛的凌虐。）
看著臺下廉價的追捧，
他們盲目地歌頌。
（他們根本就不懂。）
走在被鋪好的地毯上。
說你愛聽的謊言。
別管我。
（讓我乖乖地低下頭，是所謂成熟。）
唯獨無自由。
你懂得憎恨嗎？你懂得絕望嗎？
（謙卑的下面真的什麼都沒了嗎？）

全都被你毀了！全都被你毀了！
浸在血中模糊不清的呢喃。
（傾聽，傾聽，我卻聽不到。）
那到底是懺悔還是咆哮？
（傾聽，傾聽，永遠聽不到。）
這提線木偶已停止舞蹈。
蒼白的夜裡一人獨唱，
絕不讓他人聽見。
遺留的夙願還沒兑現，
時間停留在那天。
（來自愛的凌虐。）
誰願當被驅趕的羔羊，
牧羊犬吃著夢想。
（你們一直都不懂。）

用腳印弄髒你的地毯，
你卻還愚昧不堪。
放開我。
（我狀似謙卑低下頭，去尋找你的萬劫不復。）
（看見真相後轉過身，此刻的面容……）
已猙獰滿面。
你懂得憎恨嗎？你懂得絕望嗎？
（謙卑的下面真的什麼都沒了嗎？）
全都被你毀了！全都被你毀了！
浸在血中模糊不清的呢喃。
（傾聽，傾聽，我卻聽不到。）
那到底是懺悔還是咆哮？
（傾聽，傾聽，永遠聽不到。）
這提線木偶已停止舞蹈。

到底還要多久？到底還要多久？
即便想要停下也心有不甘。
誰來結束這些？誰來結束這些？
來將見血封喉的思念忘卻。
（嘲笑依舊凜冽，嘲笑依舊凜冽。）
（執念切斷了琴弦。）卻帶不走你的莫名株連。
（嘲笑依舊凜冽，嘲笑依舊凜冽。）
（執念切斷了琴弦。）

……

略帶黑暗氣息的歌詞隨著劉藝近乎嘶吼的歌喉流出，竟隱隱帶著一種讓人想要在地獄中沉淪瘋狂的病態訊息。劉藝主唱，那名少女則負責和聲，他們兩人在臺上激烈地彈著電吉他，充滿宣洩氣息的歌曲，一下子點燃了酒吧中許多人內心深處的癲狂。

尖叫聲此起彼伏，我甚至聽到身邊有人狠狠把杯子砸在地上碎裂的聲音。

一群瘋子……

我喝著剛才從服務生那裡拿來的百事可樂這麼想著，同時為劉藝此刻的眼神忍不住打了個寒顫。那眼神實在太過鋒銳，有一種對上就會被刺傷的錯覺。

……這才是他的真面目吧？其他人真的都看走眼了，拉小提琴的劉藝，根本不是真正的他，此刻在臺上用搖滾樂控制全場的少年，才是真正的劉藝。

沒有燕尾服的束縛，沒有評委的吹毛求疵，只有臺下隨著音樂宣洩的簡單人類。而劉藝在此刻，卻彷彿一個充滿惡趣味的神明，逗弄著這群人的心志，用自己的音樂，讓他們變得更加瘋狂。

隨後……在我左手邊不遠處，一張桌子旁的男女，拿出了我曾經見過的白色盒子！

大小尺寸和劉藝在家時拿出來的完全一致，而當我看到裡面擁有同樣的注射器以及藥瓶時……

原來如此，源頭是這裡嗎？那劉藝會不會也是在這裡丟掉之前用過的注射器以及藥瓶？

雖然不能排除這種可能，但如果每次都到這裡丟掉空瓶子和注射器，然後再帶回新的一份的話，總覺得有些風險。

因為這樣的話，就代表他書包裡每天都會塞著毒品，或者毒品殘留的注射器和瓶子，萬一某天突然被人看到就麻煩了。

那麼他到底丟在哪？我跟蹤了他三天，從頭到尾沒有發現他有任何丟棄東西的跡象。我也不覺得他會丟在家裡或學校，那太不安全。

換了下一位歌手上臺後，我就再也沒看到劉藝他們的身影了。保險起見，我決定提前退場，否則不知道他們什麼時候會離開，容易把人跟丟。雖然今天基本的成果已經到手，不過……還是跟到他回家為好。

無比肉疼地結帳，心中不斷怒吼為什麼酒吧的可樂要比外面貴好幾倍，這間酒吧明明都已經收了入場費不是嗎!?

我走出酒吧，一到角落，就將雨傘打開，重新進入隱身狀態。

「阿樂……有點不對。」

書書的話讓我愣了一下，看向緊緊皺著眉的她，「什麼不對？妳發現什麼？」

「他的音樂，或者說演奏的樣子，和之前不一樣。」

「本來就不一樣啊，原來是古典樂曲，剛才的是搖滾歌曲……」一頭霧水的我

雖然不是很明白書書的意思，卻也知道她對音樂的理解比我強很多，應該是聽出了普通人聽不出的感覺，「……妳覺得哪裡不對勁？」

「也許有曲風這方面的原因，但感覺還是有點不對……把這個說清楚有點困難，這其實更接近於一種感覺。」書書歪著腦袋想了很久，然後才有些含糊地說：

「我有點不知道該怎麼和你說，舉個例子吧……我記得你前段時間在玩一個籃球遊戲？控制裡面的得分後衛參加比賽。」

「嘿！不務正業，活該窮死。」胖次冷笑著插嘴。

我不是不務正業，只是為了讓自己擁有最佳工作狀態，調整精神而已！

嘖……不就是沒給這小氣的倉鼠看哈姆太郎嗎？記仇到這地步。

「對，沒錯。」我乾笑著，因為太久沒生意，我閒著無聊就偶爾玩一下籃球類的競技遊戲。

而那段時間，我創建了一個得分後衛的原創角色，在遊戲中大殺四方——來彌補我國高中時期在籃球場上被同學完虐的創傷。

「他剛才的搖滾樂，就是你在籃球場上打籃球的感覺；而那天晚上我們去他家，聽他現場演奏的古典樂，就是你在電腦前玩籃球遊戲的感覺。」

書書用了一個最簡單的例子來幫我解釋，我迷迷糊糊地懂了一部分，可另一部分還是無法領會。

「出來了。」長舌突然插嘴，聲音中微微帶著緊張和興奮，似乎十分期待接下來的跟蹤行動。

我轉頭看去，發現只有劉藝一個人。

只有他獨自一人的話，那麼其他人應該還在酒吧裡。他們明明是一個樂團，劉藝卻單獨離開……是那個女生接下來還有演出嗎？

也不太對，如果他們兩個是固定同一樂團的成員，樂團還有表演，主唱卻先行離開，就太不像話了。那麼還有一個可能，那個女孩根本就是酒吧的內部人員，才待著沒走。

到底應該跟蹤誰？

我想了想，還是決定跟上劉藝。因為我的委託是調查劉藝，而不是掃黑，毒品這種事……還是交給警察好了。

至於報警……算了吧，看剛才他們能夠如此明目張膽的把毒品拿出來，不是員警根本拿他們沒轍，就是根本不想管。

心裡這麼想著，我自然就跟上了劉藝。

此刻的天色已經暗下，我只能依稀看到劉藝一邊走，一邊掏出耳機塞進耳朵。我突然很好奇，他那個耳機中的樂曲，到底是古典樂，還是搖滾樂。

這一路什麼事都沒有發生，劉藝只是很普通地行走，很普通地回家。如果不是時間已經接近八點，這看上去就是個普普通通的放學少年。

當劉藝快要走到我家和他家附近的一處三岔路口時，我突然決定和他單獨聊聊，至於聊什麼，我卻還沒完全想好。

我拿著傘向前跑了幾步，超過劉藝，在他前面的一個岔口轉彎，將傘收好，之後轉身，慢悠悠地向他走去。

我在岔口緩下步伐，看到那名少年在燈光下，微瞇著眼睛向我走來。他離我大概還有十幾步，但已經足以看清雙方的臉了，我便舉起手，「哦，好巧啊，阿藝……」

劉藝戴著耳機，瞇著眼看了我良久，突然呵呵笑了一聲，笑得意味深長，只見他緩緩摘下耳機，「是啊，好『巧』啊……」

也不知道是不是他故意在那個「巧」字上咬字太重，還是別的原因，我突然感覺到一股強烈的違和感。彷彿眼前的畫面中，加入了某個不應該存在的東西。

不對，一定有哪裡不對……怎麼回事？

到底是哪裡不對？

我仔細地打量劉藝，卻沒有發現什麼變化，於是笑了笑，「怎麼那麼晚回家？應該早就放學了吧？」

「社團活動，所以晚了一點。」劉藝笑了笑，然後看看四周，指著對面一間冷飲店，「如果你有空的話，我們去坐一會？」

明明是我想要邀請的……這小子，是故意先發制人嗎？

「好啊……」我還沒說完，就發現他已經直接自顧自地走向那間冷飲店，彷彿早就料到我不會拒絕一樣。

我一下子有點被牽著鼻子走的感覺——這節奏，完全掌握在他的手裡。

無所謂，牽著走就牽著走吧，反正只是聊聊……我無所謂地聳聳肩，然後跟了上去。

因為最近溫度轉涼，再加上時間已經頗晚，這家店的生意並不好，我們走進去的時候，人並不多。

他點了一杯卡布奇諾和一份抹茶信玄餅。

我點了一杯……當然還是便宜的冰綠豆沙。

「不吃點東西墊墊肚子？」劉藝用塑膠叉子叉起一塊糯軟的信玄餅，小心地不讓抹茶粉落下，塞入嘴中，「跟了我這麼久，餓了吧？」

「啊？」我心中微微一跳，茫然地看著他。

劉藝輕輕一笑，「你胸前口袋的入場票根露出來了……」

我頓時嚇了一跳，本能地伸手摸向胸口，低頭的時候卻察覺不對——我被耍了！

不用看，我的胸前肯定沒有什麼所謂的票根。

我無奈地看向帶著笑意的劉藝，被這小子唬了一下，竟因為作賊心虛而露出馬腳，「……我沒見過你之前，一直以為你是那種優等生類型的乖寶寶呢……」

劉藝咀嚼食物的下巴微微頓了一下，隨後又慢條斯理地咀嚼起來，等食物嚥下，才搖搖頭，「看來這家店下次不能來了，味道比以前差。」

他說這話是什麼意思？

「你知道多少？」劉藝突然開口問道。

「不多不少。」對於劉藝的問題，我說了一句沒營養的廢話。沒辦法，這個麻煩的高中生已經讓我有點頭大了。

劉藝放下塑膠叉，抿了一口咖啡後，就將它放到一邊，身體前傾，雙手手肘靠在桌上，五指交叉托在鼻前，遮擋住他的下半張臉。我發現他的雙眼笑咪咪的，心中莫名浮起一陣寒意。

「目前為止，樂哥，你是我認為唯一有可能替我父親查到真相的人，比其他人要有趣多了。做為你今天贏了我一次的獎勵……」劉藝的口氣中隱隱帶著一種期待，「我們來玩場遊戲吧。」

「什麼遊戲？」

「你可以問我兩個問題，這兩個問題都不能太空泛，必須是一個比較具體的問題，其中一個問題，我會老實回答；另一個問題，我會騙你。」也許是離得近的關係，我隱隱能夠看到劉藝瞇起的雙眼中，閃爍著銳利的光芒，像個孤注一擲的賭徒，帶著些許的歇斯底里，「然後，根據你的問題，我會告訴你兩件事，一件是真的，一件則是假的。」

看來我被他當作他中二時期的解悶對手了……嘖，麻煩。

但我實在沒有辦法不上鉤，因為既然已經被他發現，與其遠遠地進攻讓他見招拆招，倒不如近身白刃招招見血還比較有效率一點，「挺有意思的，繼續說說看。」

劉藝伸出左手的兩根手指，還有右手的兩根手指，「而我主動告訴你的事，其中之一的真事可以讓你找到下一步的線索，至於那假的如果被你當成真的，你就永遠都查不出來了。期限為七天，如果你七天內還沒有猜出來，就是我贏，猜出來了，就是我輸，你可以完成我爸爸的委託。」

還有一部分的勝算，就取決於我問什麼問題了嗎？

「『如果我贏了，你就停止插手這件事……』你是想這麼說吧？」我見他笑著點點頭後，大致明白了他的想法。

他是覺得給我太多時間的話，有可能會被我查出來嗎？乾脆就在短時間決勝負，來處理掉我這個麻煩……我還真是被小瞧了呢。

不過有一點我和他持相反的態度，因為我根本沒有把握在一週內查出真相，反而還是他給的這條捷徑要快一些。

「很好，我也不想浪費時間。」我用一勺冰沙讓自己因為被他挑戰而有些亢奮的大腦冷卻下來，心中微微一動，「那我就不客氣地提問了，我先問第一個問題，你回答了，我再問第二個。」

「你還真是不肯吃虧啊……」他想了想，似笑非笑地看著我，左手掌一攤，做出一個「悉聽尊便」的姿勢……

他真是胸有成竹，即便被我占了一個便宜也不在意。不過同時，我也為他在一瞬間就發覺問題的心智所驚嘆——這小子太聰明了。

因為他不能在聽到兩個問題後，考慮該用哪個問題說假話、哪個問題說真話。因此如果前者是真，後者必假；前者為假，則後者必真。

我想了想，拋出了第一個問題——

「你最近表現失常，和你使用違法藥物有關嗎？」

我問出這句話的瞬間，緊緊盯著他，試圖抓住他任何一絲表情變化。

一般情況下，很多人都會急著否認吧？但既然有遊戲規則，那麼他任何一絲不自然的回答方式，都可以成為我判斷他答案真假的參考。

「你比我想像得還厲害……」但可惜，他聽到問題的一瞬間似乎就已經明白了我的企圖，卻笑得更開心了，他很爽快地點點頭，「沒錯，和這個有一定關係。」

嘖……這機靈的小子，他說的到底是真話還是假話？

「第二個問題，你母親去世的那天，你沒有遲到，為什麼不上場演出？」

「因為我突然生病了。」劉藝不假思索地回答了我的問題。

但我對這個答案並不是很滿意，皺著眉問：「什麼病？」

「這是第三個問題，我不會回答你。」劉藝輕笑了一聲，似乎很樂在其中，「那麼，你覺得我這兩個回答，哪個是真的，哪個是假的？」

我沒有回答，因為我現在完全沒頭緒。

「OK，看來你的回合結束了，輪到我。」劉藝伸出一根手指，「第一件事，我做這些事是故意的，因為我無聊，我不想把自己困死在一把小提琴上。」

「第二件事……」劉藝臉上的笑容消失了，很鄭重地盯著我的雙眼，「我不會故意拿我未來的小提琴生涯開玩笑。」

「就這些？」我有些不滿地瞪著劉藝，「你確定你告訴我的真實資訊和我要調查的東西有直接關係？」

「遊戲規則既然是我定的，你就放心，我不會作弊的。」劉藝低頭，從錢包裡掏出一千塊放在桌子上，「和你聊得很開心，這頓算我的，謝謝，下次見。」

說完，他不等我回應，就站起身離開了。我叫了他一聲，想要再和他聊聊，他卻沒有理我，只顧著自己戴上耳機，走出店門。

而我則愁眉苦臉地坐在位子上，想著這個混蛋小子到底哪句話才是真的。

我已經反應過來了，不管我今天占了多少便宜，都已經被他抹平，因為四則資訊已經充斥了我的大腦，讓我沒有辦法專心去查別的。

但即便知道他有這個意圖，我也沒辦法拒絕這場遊戲，因為我實在太想知道調查的正確方向了。

我哀嘆一聲，然後發洩一般地往嘴裡放了一勺冰沙，用含糊不清的口吻問道：「書書，我是不是被他耍得團團轉？」

「沒有啊，你不是查得很好嗎？而且……你不是挺開心的？」

「哪有！」我立刻反駁了一句，卻又笑出聲來——

是的，我真的有點開心。

太久沒有碰到這麼有趣的……咦？等等！好像真的有哪裡不對！

恍惚間，我腦中響起了少女在劉藝身邊的抱怨——

「阿藝，你不要一直不理我啊！」

「你幹麼老戴著耳機啊，又不安全，對耳朵也不好，還說不了話。」

書書的話也迴盪在耳邊——

「他剛才的搖滾樂，就是你在籃球場上打籃球的感覺；而那天晚上我們去他家，聽他現場演奏的古典樂，就是你在電腦前玩籃球遊戲的感覺。」

隨後腦中又浮現出今天碰到劉藝時，他戴著耳機微笑地對我說——

「是啊，好『巧』啊……」

劉藝沒有理會我的挽留，直接推門而出的傲然身影；劉藝平常和人保持一定距離，帶著的那一絲疏離感……

這些資訊彷彿變成了一塊塊拼圖，逐漸拼出一個令我幾乎不敢置信的答案……

怎麼可能！

如果真是這樣，他到底是怎麼做到的？竟然這麼多年都不被發現！

可如果不是這樣，怎麼解釋這些情況……

想到這裡，我掏出手機，打了一通電話給最近搬到我店鋪附近的——

「喂？阿樂表哥嗎？」一陣壓低聲音的女聲對我說道：「有事嗎？我現在正和

人吃飯，不太方便和你多聊。」

「嗯，有事，妳什麼時候有空？我希望去妳診所問一些醫學上的問題。」

「哦……我看看預約哦，稍等。」隔了一會，春珊給了我一個時間，「明天下午四點後可以嗎？」

「OK，麻煩妳了，妳先吃飯吧，不打擾妳了。」

「客氣什麼，明天見。」她嘿嘿一笑，然後把電話掛了。

我長吁一口氣，覺得身體有些發軟，不由得靠在椅背上。

「阿樂？」書書的聲音中滿溢著擔憂，「怎麼了？你想到什麼嗎？」

「雖然不敢完全肯定，但我覺得劉藝……」我艱難地吞了一口口水，結結巴巴地想要說出連我自己都不太相信的一個可能，但終究還是沒好意思說出口，「嘖，總之這不合邏輯啊……」

「到底怎麼了？」

「如果我猜得沒錯，劉藝的真話並不是最主要的關鍵，他的假話才是。」我一字一頓地回答。「就看明天春珊能不能證實我的猜想了——」

不過在這之前，我掏出手機，先撥了一通電話給劉明。良久，劉明接起了電話：「什麼事？」

這是他習慣的語調，不經意地流露出一抹傲然，我隱隱聽到電話那頭有陌生的女人笑聲，隨後只聽劉明又冷冷地說了一句：「安靜。」

笑聲頓時消失，他又對我再次問道：「什麼事？」

「冒昧地問一下，劉先生，劉藝在三年前，是否得過失聰症？」

「你怎麼知道？」劉明的聲音陡然高了幾度，不過他很快冷靜下來，「沒錯，是有這回事，但不是完整意義上的失聰，是心因性失聰，而且後來經過心理治療，已經恢復了……你要問的就這些？」

「還有一個問題，據我所知，劉藝在學校的成績基本都很好，可是想問一下，他最不擅長的科目是什麼？」

「嗯，我其實沒怎麼注意他在學校學習的具體情況，硬要說的話，應該是英文吧？雖然在一般平均分數之上，但比起其他成績，還是差了一些。」劉明回答完後，估計是不喜歡我老找他兒子的碴，略帶不滿地問：「你問這個幹麼？還有問題嗎？」

「沒了。」

「那好，這些事別外傳，再見。」劉明口氣硬邦邦的，聽起來對我揭老底的調查方式十分不滿，最後很乾脆地掛了電話。

第八章 扭曲的天賦，諷刺

第二天，我吃完午飯，就把店關上，準備出門。

距離春珊的預約還有一段時間，我決定先把能查到的一些事查一下。昨天我還打電話給小胖子李霍端，想要今天到他那裡瞭解一下情況，他卻說禮拜六要在張倩的店裡幫忙打工，於是我只好再去一趟青山中學的那家小店，所以嘛……

我拍了拍自行車的把手，「貞德，今天又得麻煩妳了哦！」

「我……我會努力的！」貞德原本白嫩的臉上微微漲紅，鼓足勇氣說出了一句不算大聲的話。

真聽話，這女孩比店裡的那群混球真的好太多了！

我在內心的感嘆中跨上自行車，腳輕輕一踩，自行車便向前行去。正值中午，太陽很大，但好在天氣轉涼，這些陽光剛好可以帶來溫暖，而不怕迎面而來略帶寒意的風。

路過有些熟悉的街角，在一年不到的時間裡，出現了些許的變化。尤其有一家我曾經想去試試、可至今沒有去試吃的湯包店關門了，變成了一家影印店，不由得覺得有些可惜。

很多事總是這樣，心裡一直惦念著這件事，想要什麼時候把它完成，不過總有一股慵懶感對自己說——不急，還有機會，下次吧。

但很多時候，卻再也沒有「下次」了。

因為，每一個「今天」，都是獨一無二的；而每一個「明天」，都是未知的。

於是我下了一個決定——一會到張賢的店裡，再吃點東西，應該不會超過七十塊吧？

可惜當我到達目的地、看到菜單，恍惚間想起米卡莎看著一隻捕食的螳螂的畫面，而當時那個畫面配上的是一句充滿惆悵的臺詞——

「是的，這個世界是殘酷的。」（註2）

竟！然！漲！價！了！

我嘆了一口氣把菜單放回去……算啦，反正已經吃過午餐了。

況且，我也不僅僅是因為漲價了才放棄，因為此刻在張賢店裡端盤子的，就

註2　出自日本漫畫《進擊的巨人》。

是那個奸詐貪吃的小胖子！我毫不懷疑，如果真的點了什麼，一旦經過小胖子的手……那一定就只剩一半了。

因為已經下午一點，客人並不多，小胖子閒得不肯幹活，只顧屁顛屁顛地跟著張倩點頭哈腰去了。

「倩倩，妳誤會了……」

「哼！」

「倩倩，我真的沒跟蹤妳……」小胖子愁眉苦臉中，卻依舊可以用一種接近諂媚的聲音說：「我是不放心那個小子……」

「哼！」

「倩倩，真的，聽說那小子現在和黑社會都有關係了，好像還吸毒，妳離他遠一點啦，尤其不知道為什麼最近妳反而去得好勤快……」

「……哼！」

「倩倩妳用鼻子哼了那麼多次估計鼻涕都要出來了，要不要用這紙擦擦……哎呀！」小胖子無比委屈地抱著頭，可憐巴巴地看著張倩舉起的菜單本。

「跟蹤我你還有理了！」張倩怒氣沖沖地瞪著小胖子。

「不好意思，請問一下，你們說的，是叫劉藝的高中生嗎？」我說出這個名字後，小胖子和張倩頓時愕然地看向我。

「阿樂，你認識他？」李霍端瞪大了眼睛，隨即滿臉氣憤地指著我，「你什麼時候認識的，我怎麼不知道？竟然瞞了我這麼久，你這個……」

我連忙解釋道：「是工作，工作啦，最近接到的工作。今天想來找你，就是想問關於他的事。」

我說出這句話，突然發覺張倩的表情微微一變，「怎麼了？」

「沒、沒什麼……」張倩結結巴巴地回答，雙手有點不安地來回搓動。

喂喂喂，妳這副樣子，誰都知道不可能是「沒什麼」。

「張倩，妳是怎麼認識劉藝的？」

「以前他是我們的學長啊，我們讀同一所中學，當然認識。」張倩似乎發現自己的表現有些不自然，控制了一下情緒，「我們念小學時就認識他了，後來還進了同一所國中。我們一年級，他三年級。」

「妳和他熟悉嗎？」為了讓談話變得自然，我問了一個明知故問的問題。畢竟每個禮拜六都去，恐怕不可能不熟悉，而我比較好奇的是，張倩是否會對我說謊。

張倩的眉頭微微皺了起來，有些不悅地看我。

「倩倩每個禮拜都會去他那裡學習小提琴……哎喲，好痛！」李霍端在旁邊說了一句，頓時就被張倩狠狠踩了一腳。

「多嘴！」

「抱歉，我沒惡意，是劉藝的爸爸委託我做一些調查的。」我說出這句話的時候，發現張倩向後退了一步，眼裡閃爍著些許不安，我突然明白了……

是張倩！是張倩幫劉藝處理掉那些東西！她每個禮拜去劉藝家，並不僅僅是學小提琴，還是幫劉藝處理證據！

「原來妳知道他在幹什麼。」

我說出這句沒頭沒腦的話後，張倩的臉一下子變得有點蒼白。

「什麼知道什麼？」張倩看了我一會，便作勢要離開，「我還要做事，先走了。」

「妳以為能瞞多久？妳想害死他嗎？再下去警察都要來抓他了！」張倩與我擦肩而過的瞬間，我說出了這句話。

張倩的步子再也邁不出去了，看著她的背影，我發現她的雙肩在顫抖。

「倩倩，妳怎麼了？」

「張倩，妳和我坦白，對他沒壞處，是他爸爸讓我查一下的，有什麼問題他們家裡還可以提前私下解決，否則以後……」我沒有說下去，因為我相信張倩明白我的意思，所以我直接問了一個核心的問題，「是他讓妳處理那些東西的吧？妳丟哪了？」

張倩突然「哇」的一聲哭了出來。

我和小胖子嚇了一跳，還沒等我們做出反應，就看到身上穿著黑色橡皮圍裙的張賢提著一把菜刀衝出來……

他一邊跑一邊喊：「倩倩妳怎麼了？怎麼哭了，倩倩？」

同時他手上的菜刀隨著他焦急的聲音晃來晃去，讓我看得有點膽寒，他不會認為我們欺負他女兒而過來砍人吧？

好在這種事沒發生，估計這個把女兒捧在手心裡的老爹，此刻唯一的想法就是怎麼把女兒哄得沒事。甚為魁梧健壯的男人點頭哈腰地圍著女兒轉，倒是頗有幾分剛才小胖子黏人的無賴勁。

「我說……」張倩突然轉過身，用微紅的雙眼看著我，眼睛睜得大大的，淚珠在眼眶裡翻滾，她似乎想忍著不掉下來，卻終究沒有勝過眼淚的重量，「你跟我來。」

她說完就走向店門外，然後回頭對李霍端和張賢說了句：「你們不許過來，不許偷聽！」

帶著哽咽的語調、微紅的雙眼，竟震懾得一大一小、一胖一壯的兩個男人忙不迭地點頭，唯恐自己點慢了惹少女不高興。

「哎，女兒大了，就越來越難哄了。」張賢滿是惆悵地咂咂嘴，彷彿在回味以前好糊弄的小丫頭。

「就是說啊……」小胖子愁眉苦臉地摸摸剛才被菜單打了一下的腦袋，「力氣還比原來大了……」

一個少年、一個中年很有默契地對視一眼，再次同聲嘆一口氣。

我抱歉地對他們笑了笑，跟著張倩走向外面。還不等我開口，張倩就突然從口袋裡拿出一個空的小藥瓶給我，小藥瓶被一個塑膠袋包著，並且封了口。

「這是？」這個藥瓶和我那天看到的大小一致。

「這是你要找的東西。」張倩低下頭，神情中帶著自責和羞愧，「雖然劉學長讓我找地方丟了，我始終……還是會留一份在手上……我沒有完成他拜託我的事。」

看著這個已經無法理清心緒、陷入自責的女生，我輕聲安慰：「不，是妳完成了他沒有拜託妳的事，這能幫到他的。正因為這樣，妳手裡才會留一份吧？」

張倩咬著嘴唇，默默地點頭。

「和我說說他吧，能讓妳這麼為他著想，他應該是個不錯的人吧？」

「我不知道……」張倩的回答有點出乎我的意料，「青山中學的小學部就在旁邊，我和霍端以前都是小學部，他在國中部，小學裡有活動什麼的，倒是經常有國中部的前輩過來，所以有時候會碰面啦，我是因為曾經看到他在小學演奏小提琴，才想和他學的，只是他以前一直不肯教，後來我只好自己學……」

我不由得好奇了，因為在我印象中的劉藝不是那麼容易改變主意的人，「那為什麼他現在又肯教妳了？」

「因為他突然變了，變得……我也不知道是好還是壞。」

「是三年前嗎？」我對張倩說的話並不感到意外，這件事我已經猜出來了，不過劉藝以前到底是什麼樣子，估計可以從張倩這裡問出來。

劉藝在跟隨親生母親的那段時間裡，究竟是什麼性情，恐怕連劉明都不清楚。

「學長以前其實是個很散漫的人，而且做什麼事都由著自己的性子來，脾氣說不上好，但也說不上差。」張倩說到這裡頓了一頓，同時感嘆一聲，「雖然現在他的演奏比以前好很多，可我還是喜歡他原來的樣子，他原來的小提琴演奏……很有趣。」

「有趣？」我不是很明白她的意思。

「怎麼說呢，好像所有的曲子都可以由著他的心情來，比如說《沉思》，這首曲子其實略帶一點厭世或者悲傷的感覺……但他能在老師的生日趴上演奏出很好玩的味道，一點難過的感覺都沒有。明明是一樣的音符，但就是，很好玩。

「我小時候就是因為這個，才和爸爸吵著說想學小提琴的，因為學長懶得教我……」張倩感嘆著當初劉藝隨心所欲的音樂天賦，但隨即神情一肅，很認真地和我說：「不過我當時就決定了，我也要成為和他一樣的小提琴家。」

「後來學長身體好像出了問題，差不多就是三年前吧，我剛準備進入國中部，也參加了音樂社。本來他是音樂社社長，但從那時候起他就不怎麼露面了，而且他沒有再公開演奏過，聽說請病假請得很厲害，都不怎麼來學校上課，我幾乎沒有再碰見過他。可是……」

說到這裡，張倩頓住了，皺著眉，似乎正搜腸刮肚來組織辭彙，去形容一件她覺得難以形容的事……

「他回來以後，人變了很多，也不像以前那麼活潑。對人倒是還算禮貌，卻都不冷不熱的。但對我來說，最明顯的是……他的音樂變了，他雖然拉得比原來好很多，可是……」

張倩眼中失望和憤怒交雜在一起，那是一種幻想破滅後的不甘，一種追逐到偶像後，卻發現對方早就已經墮落的痛苦，「他再也演奏不出原來的感覺，他只是單純地讓自己的演奏在專業評審眼裡變得更優秀！我當時還去找他，結果他說——他以後只會演奏這種音樂了。」

「然後妳有什麼反應？」我看著張倩此刻的表情，覺得她不是會就此甘休的人。

「我努力這麼久，卻看到他竟然變成這樣，十分生氣……就在他面前，把他以前在老師生日趴上演奏的那首很好玩的《沉思》演奏了一遍。我想要告訴他，這才是『學長的音樂』。但學長當時的反應很奇怪……」張倩滿臉茫然，很顯然她到現在都無法理解為什麼會出現那一幕，接著她眼中出現了一種我看不懂的恐懼。

「學長居然……居然哭了，他哭得好難過。我不知道他為什麼哭，我當時嚇壞了。但他哭完後，就拜託我一件事，他對我說——『張倩，讓我教妳小提琴吧』。」

不僅僅是訴說者張倩，我也完全不明白那時候的劉藝究竟在想什麼。

「然後到現在為止，我跟他學了將近兩年半。這個藥瓶，是將近兩個月前，他開始讓我處理的。我其實勸過他，但他說……這不犯法。」張倩苦笑，應該是發現自己越來越看不懂劉藝了，「吸毒，怎麼可能不犯法呢？」

看來劉藝使用毒品，很有可能已經快兩個月。

我想問的都問得差不多了，張倩也沒有提供給我其他更特別的訊息。但就目前所掌握的資訊來看，新的疑惑出現了。

我隱隱覺得，劉藝並沒有指望這些事全都被掩蓋下去。雖然他設置了種種障礙，處事也完全可以說得上小心，但讓張倩去處理關鍵的證據，頗有一種將致命破綻隨意交到他人手上的既視感。

就我觀察，劉藝是一個謹慎的人，並不相信外人，怎麼可能把這麼重要的事交給別人？除非……他是故意的。

劉藝，你是想被將軍嗎？

想到這裡，我連忙搖搖頭甩掉心中浮現的那抹迷茫，對張倩道了一聲謝，接著便向她告別——距離春珊的預約，時間差不多了。

在我剛跨上自行車，準備離開時，突然聽到身後一聲大喊——

「阿樂先生！請你一定要救救他！」

那是來自張倩的呼喊，我轉過頭，看著那個靠在門邊的女生，微微一笑，向她比了個ＯＫ的手勢。

別看我動作做得瀟灑，心裡卻沒什麼底。並不是我認為自己查不出真相，而是我越接近真相，就越明白，能救劉藝的，只有他自己。

而我現在能做的，就是提前用真相逼他做出選擇。最後到底是自我毀滅，還是重獲新生，皆在他一人之手。

「貞德，時間差不多了，我需要加快速度哦。」

「好、好的，主人。」貞德緊張地回應，而後，迎面而來的風……更大了。

離四點還有一刻鐘的時候，我到達了目的地。

看了一眼開始漸漸落下的太陽，我將自行車停在路邊，抬頭看了看診所的招牌——古春耳鼻喉科診所。

這就是春珊開的診所了，我推開玻璃門走進去，只見櫃檯後坐著一名戴著眼鏡的女子。

「不好意思，打擾了，我是和周醫生預約的……」

「啊！你就是周醫生說的表哥嗎？請稍等，她還有最後一位客人，馬上就好。」應該是春珊事先打過招呼，女子在一瞬間就明白我的身分，指了指牆邊的沙發，「請你先到那邊坐一會吧。」

我抱歉地對她一笑，便到沙發坐下。是我來早了，不過我也沒想到，一間剛剛開起來的診所，問診能排得那麼滿。

大概等了十分鐘，一名年輕女子抱了個哭哭啼啼的孩子走了出來，推開診所大門離開。

「阿樂表哥？」一個穿著白袍、戴口罩的醫生在診間內朝我招招手，「不好意思，那小孩看病不聽話，又哭又鬧的，所以慢了點，進來吧。」

春珊的聲音透著一股疲憊，看來今天被折騰得不輕。

進了問診室，春珊坐在她黑色的轉椅，而我則坐到她身邊的木凳上。

「戴了一天，悶死了。」春珊將口罩摘下，舒爽地深吸一口氣，精神一振，「什麼事，是身體不舒服嗎？」

「不，是想問一個醫學上的問題。」

「什麼問題？」春珊渾身放鬆地半躺在靠椅上，很沒形象地捧起放在一邊的水壺，同時努努嘴，「飲水機在旁邊哦，杯子在上面，你要喝自己拿……我就不客氣了。」

我看著她此刻毫無形象的坐姿，明白她的確是累壞了，決定盡早問完問題走人，讓她好好休息，「有沒有一種病，大多數聲音都聽不到，只能聽到一些特定的聲音。」

「有這種病？」春珊一愣，隨後笑嘻嘻地剛要說些什麼，卻突然皺起了眉頭，「等等，這毛病我好像哪裡聽過，我查一下，你等等……」

春珊忽地站了起來，從一旁的檔案架上，抽出一本厚厚的書，吃力地抱過來，放到桌子上。打開後，她瞇著眼睛翻看目錄，最後神情一振，開始翻閱起來——

「找到了。」春珊長吁一口氣，轉過頭來，認真地對我說：「嚴格來說，並不是你想的那種病症，這種病很少見，如果不是曾經在大學裡看過這種稀有病例，印象深刻，我還真不知道有這種病。算你找對人了，不少醫生也不知道它。」

「真有這種病？」我按下心中的激動，「具體說明一下？」

「這種病，雖然叫做『選擇性失聰』，但實際上，它和一般的失聰不一樣。」春珊吃力地闔上那本書，發出重重的碰撞聲，「現代對這種病症瞭解得還不夠多，甚至沒有辦法判定它的病因是什麼，患者往往在經過檢查後，也查不出什麼直接性的病因，至少從儀器檢查結果來看，很多患者是健康的。而事實上，他們也真的聽得到，所以大多情況下，還是會把這種病當作一種心因性疾病來看待，只是目前沒有辦法排除這是否是腦部的損傷或是缺陷的可能。

「它和大多數失聰的區別在於……」春珊說到這裡，突然雙目一睜，對我「哇」了一聲。

因為聲音很大，我被她冷不防地一嚇，身體後仰，連著木凳「噗咚」摔倒在地，我用手撐在冰涼而堅硬的地面，驚魂未定地瞪著咯咯直笑的春珊，「妳搞什麼鬼？」

「原來阿樂表哥你這麼膽小……哈哈哈！抱歉抱歉。」春珊站起身，伸手把我扶了起來，同時解釋剛才的原理，「這就是正常人的反應，你突然聽到聲音，會被嚇一跳；但得了這種病的人，則有可能失去這種反應。因為他們雖然聽到了，卻不會做出該有的應對，他們根本沒有意識去分辨這些聲音，甚至沒有意識到，他們已經聽到聲音了。當然，並不僅僅是這樣，這個病的特點，還在『選擇』兩個字上。

「得了這種病的患者，症狀未必都一樣，有些嚴重，有些不嚴重。有些人只是有時候聽不到特定的東西，而有些人是除了特定的一些聲響，其他聲音都無法讓他做出反應，因為他沒有『意識』到自己聽見了。我剛才查到的那個病例，是一個孩子的，根據那書上的記錄……」

春珊略帶憐憫地搖搖頭，似乎在對現代醫學的水準感到無力，「他只對少數聲音有反應，紀錄上說，這孩子只對裝有便當的塑膠袋放到桌上以及拖動椅子的聲音會做出反應，也許還有別的，但暫時還沒檢查出來，我這邊也沒有他被治癒的紀錄。這種疾病，有好幾種情況，得根據病症情況才能提供治療方案，但很多拖得久了，就沒辦法了。」

我靜靜聽完春珊對選擇性失聰的描述後，點了點頭，輕嘆一口氣，「我明白了。」

「怎麼，有人得了這種病？」春珊好奇地問：「能不能把他帶來？我從來沒碰過這種病人。」

「只是猜測而已。」我搖搖頭打住了春珊的好奇心，隨後從口袋裡拿出從張倩那裡得到的瓶子，「另外一件事，能替我化驗一下這瓶子裡是什麼嗎？呃，不要告訴別人……可能是什麼不好的東西。」

春珊聽到我最後的提醒，若有所思地看著我，「又是查案？」

「嗯。」

「好，不過你得等等，我去借一下實驗室，順利的話，看看能不能在後天把結果告訴你。」春珊很爽快地答應，也沒有多問什麼，只是在結尾提醒了一句：「別把自己也陷進去哦……」

「不會啦，放心。總之就麻煩妳了。」我輕吁一口氣，今天的任務總算完成，「妳也別把自己弄得太忙了，要好好休息。」

「嘿……」春珊笑了笑，神情微帶苦澀，與她平常開朗的形象大相逕庭。

見她這樣，我識趣地沒有再多話，起身告辭。

第九章

虛假的演奏，靈光

今天是星期五，是我和劉藝賭約的最後一天。

我交託給春珊的藥物化驗，比想像中的要花時間，因為成分看上去十分複雜，春珊到第三天才將化驗結果給我。

而殘留物的化驗結果是——這是一種不是毒品的毒品，可以勉強歸類為人工合成的大麻。

說它是毒品，因為它的確有毒品的效果，但也可以說不是，因為它裡面的成分，並不在毒品危害防制條例的限制中——這是一種新型的毒品，還沒來得及立法控制。

這種毒品其實算不上稀奇，往往研究人員只要稍微修改一下幾個無關緊要的分子結構，就可以讓這些藥物搖身一變，成為脫離法律之外的特殊藥物。

此類藥物被很多人稱為「合法毒」，或者「脫法毒」。

這樣一來，就解釋得通了。劉藝曾經對劉明和張倩都說過——他不會犯法。

他沒有說謊，因為他所使用的藥物，根本就不是違禁藥物。謎題已然解開了一半，因為我問他的第一個問題是：「你最近表現失常，和你使用違法藥物有關嗎？」

當時他的回答是肯定的。

他在說謊，因為他使用的藥物，根本就在法律的監管之外。那麼根據一真一假的前提，就可以判定出，他第二個問題的答案是真實可信的——三年前的比賽，他因為突發疾病而沒有辦法演奏小提琴。再聯繫劉明曾經告訴我劉藝存在心因性失聰，那麼三年前他為何沒有辦法演奏小提琴也就可以得到解釋。

因為他聽不見了。

以上這些線索，足夠我繼續推導出更多的真相。但由於全部都是間接證據的推導方式，僅僅是提供一個相對接近事實的可能，所以我沒有辦法直接和劉明說。因為我不知道他是否會信任我說的話，所以我只是告訴他，請在禮拜五的時候，和我去一個地方。

現在想想，劉藝和我約定是七天……恐怕也是因為這個吧？說是七天，其實他只是特意留給我一個可以翻盤的機會。

因為只有禮拜五，劉藝才會去那個地方；也只有這個晚上，才適合揭開一切。

「不，可能還不是一切吧？」我有些煩躁地抓了抓腦袋，因為我始終沒有查出三年前的十月四日，劉藝棄權比賽、舒蓮自殺的那一天，究竟發生了什麼。

那天跟蹤劉藝，在酒吧裡聽到他唱的歌，那首歌的歌詞是劉藝所作，書書僅僅聽了一遍就將它背了下來，回來之後唸給我聽，現在細細想來，卻有一種毛骨悚然的不祥之感。

音符的心溶解於瓶中，
困在囚籠中嘶吼，
鮮血染紅了浴缸以後，
再也聽不見求救，
（來自愛的凌虐。）
看著臺下廉價的追捧，
他們盲目地歌頌。

（他們根本就不懂。）
走在被鋪好的地毯上。
說你愛聽的謊言。
別管我。
（讓我乖乖地低下頭，是所謂成熟。）
唯獨無自由。
你懂得憎恨嗎？你懂得絕望嗎？
（謙卑的下面真的什麼都沒了嗎？）
全都被你毀了！全都被你毀了！
浸在血中模糊不清的呢喃。
（傾聽，傾聽，我卻聽不到。）
那到底是懺悔還是咆哮？
（傾聽，傾聽，永遠聽不到。）
這提線木偶已停止舞蹈。

這一套歌詞分明就是一個被家庭束縛到厭世、甚至想要報復的孩子，充滿自毀傾向的語句。有一部分我還勉強能猜出一些意思，尤其其中那句「鮮血染紅了浴缸以後」令我印象深刻，讓我直接聯想到舒蓮的自殺方式——割腕。

在浴缸中割腕！這是在浴缸中割腕自殺的情景！劉藝是舒蓮自殺案的第一目擊者，他是第一個承受那種可怕畫面的人。

而這畫面中的女人，是他的親生母親。

而在後面的副歌部分，「浸在血中模糊不清的遺言」這句話，實在無法讓我聯想到任何好的方面，再加上「這提線木偶已停止舞蹈」這種歌詞……

如果提線木偶指的是劉藝自己的話……這是不是一種自殺暗示？

我無法確定自己的猜測正確與否，但越調查劉藝，我就越來越難以肯定這個少年的目的何在。

因為他實在太不一般了。

「阿樂，盡力就好。」書書看出我心中所想，輕聲安慰。

「嗯……」我心不在焉地應了一聲。

也許是因為我的回應讓她擔心了，她又開口說道：「每個人都應該有權利去選擇自己的路，哪怕是去死。在這方面，人和物靈是一樣的。」她在提醒我，用太陽，還有老帚，以及店舖內的所有。

「呵……」我略帶無奈地看了她一眼，「我這麼讓人擔心嗎？」

書書笑而不語。

望了一眼布穀鐘上的指針，時間已經差不多了，快四點。將書書放進自己的胸前口袋後，我便打烊出了店門。

隨後我在原地等了約莫五分鐘左右，一輛黑色賓士緩緩停在我的面前。車窗降下，露出劉明面無表情的臉，「上車。」

我依言將後座門打開，發現張倩正往旁邊挪開位置。她怯生生地看著我，「好久不見，阿樂先生。」

「哦哦，妳好哦。」我坐進車裡，然後轉頭問張倩，「帶了嗎？」

「已經帶了。」轎車緩緩向前行去，開著車的劉明透過後照鏡看了我一眼，眼中滿是冷意，「這個女生我帶了，那把小提琴我也帶了，全都按照你說的做了，希望你今天能給我一個交代。」

「當然，劉先生。」我乾笑著點點頭，能夠忍我這麼久，並不是劉明耐性好，更多的恐怕是徵信社那邊依舊什麼進展都沒有，「但我還有個要求。」

「你還有什麼花樣？」劉明極為不耐地問了我一聲，透過後照鏡，我發現他眼白處充滿血絲，眼中是化不開的焦躁──看來他也隱隱感覺到了什麼。

我毫不迴避地看著那雙已經失去冷靜的雙眼，一字一頓地說：「你必須答應我，不管你今天看到什麼，都不要衝動。聽我的，務必克制住自己的情緒。」

「……」後照鏡內的那雙眼睛不再看向我，而是皺著眉頭遙望前方，當我以為他不會回應我的時候，卻聽到他用略帶疲憊的聲音，無比低沉地說：「我盡量。」

這並不是一個讓人滿意的答覆，但充滿誠意，沒有虛假──這樣就好。

「另外，我還有一些問題……」我小心地看著那雙陰沉的眼睛，「可能比較冒昧。」

「問吧，到這種地步，我還能瞞你什麼？」劉明悶悶地回答。

「你的前妻，也就是舒蓮女士，是個什麼樣的人？關於她自殺的事，你知道多少？」

「是個囉囉嗦嗦、絮絮叨叨的女人，膽子不大，骨子裡倒是挺要強的。」提起已經去世的舒蓮，劉明沒有表露出一絲好感，皺著眉頭說道：「關於她自殺，不清楚。」

「有留下什麼遺言嗎？」

「沒有。」劉明瞥了我一眼，眉頭微微皺起，「阿藝的事和她有關係？」

「呃，還不能確定。」我乾巴巴地應了一聲，心中的疑惑卻更大了。

一個絮絮叨叨、囉囉嗦嗦的女人，在死前卻連遺言都沒留嗎？

然後我看向一旁的張倩，老實說，我並不能肯定這名少女能起到什麼作用，但我相信，如果我認識的人裡，有一位能夠接近劉藝的話，必定就是張倩。

因為在劉藝的眼中，張倩恐怕已經和曾經的自己重合了。

劉明將車停在酒吧的門口，我們三個人下了車，張倩則提著劉藝的小提琴箱。

「他竟然來這種地方？」劉明說這番話時，神情中半帶著厭惡、半帶著難以置信，「太荒唐了！」

我乾咳一聲，「劉先生，別忘了你答應我的。」

「……我知道。」劉明哼了一聲，

購買入場票時，工作人員淡淡看了一眼張倩，又看了看我們的樣子，倒沒有因為她的年齡說什麼，道了一聲「歡迎」便去迎接下一位客人。當迎賓員打開門讓我們進去的一瞬間，熟悉而激烈的音樂幾乎讓我向後退了一步。我朝劉明和張倩使了個眼色，便走了進去。

走在被鋪好的地毯上。

說你愛聽的謊言。

（放開我。）

（讓我乖乖地低下頭，是所謂成熟。）

唯獨無自由。

你懂得憎恨嗎？你懂得絕望嗎？

劉藝的演唱已經開始了，當他聲音出現的一瞬間，我發現劉明滿臉失措，目光直直盯著臺上那位戴著白色假髮、盡情演奏的少年。

少年臉上那一絲桀驁、那一臉陶醉、那一抹癲狂……想必都是劉明這個父親從未見過的。

而張倩也沒好到哪去，驚詫地張大嘴巴，一句話也說不出來。

「這……這是我兒子？」

雖然聲音嘈雜，可近在咫尺的我還是聽到了劉明的自言自語。我轉過頭剛要說什麼，卻見他驀然用力地朝舞臺擠了過去——

「死老頭擠什麼！」

「有病啊？」

因為劉明沒打招呼，而且前進的動作過大，周圍很快就響起一聲聲咒罵。

糟了！

「劉先生等等！冷靜！」我急得叫了一聲，可是劉明哪裡還肯理我？

「該死！」我忍不住罵了一句，抓住張倩的手，對她說了一聲，「抓緊了，我們跟過去。」

張倩似乎是第一次來這種地方，小臉因為不安而有些蒼白。我隱隱約約聽到她顫著聲音「嗯」了一聲，隨後便跟著我向前走去。

我一邊向前走，一邊試圖攔住劉明，「劉先生、劉先生！哦，不好意思……我找人。」

「劉——藝——！」

一聲低沉的咆哮突然在我身前響起。那聲音彷彿一隻受傷的野獸，充滿了攻擊性——劉明已經氣瘋了。

雖然聲音很低沉，但依舊彷彿波浪一般滾滾散開，幾乎大半個場地因為這聲音而出現瞬間的停滯。

在臺上表演的劉藝他們愣了一下，很快便發現發出聲音的劉明。但他們並沒有停止演奏，倒是劉藝身邊的少女有些不安地用手指碰了碰劉藝。

而劉藝只是瞥了一眼臺下的劉明，露出一抹極為輕蔑的笑容，一句話都沒說，依舊演唱和彈奏——

全都被你毀了！

全都被你毀了！

浸在血中模糊不清的呢喃。

他彷彿控訴一般朝臺下的劉明咆哮似地歌唱，聲音中充滿了一種報復的快感。

但不知為何，雖然隔了很遠、雖然光線並不好……我卻覺得劉藝的瞳孔中，根本沒有他父親的影子。

我正不知道該如何安撫已經喪失理智的劉明時，一道充滿威嚴的沙啞嗓音響徹了整個酒吧──

「停一停。」

聲音的主人拿著麥克風，並沒有特別用力說話，但可能因為中氣十足的關係，加上那一抹散不去的威嚴感，一句話便像滾雷一般讓整個酒吧陷入安靜。

不光是別人，連我也不由得轉過頭，看向左側一處高臺上拿著麥克風的男子。

男子剃了一個平頭，雖然穿著西裝，看上卻有點鬆垮。他居高臨下，冷漠地說：「不好意思，臺上得換一下人，處理一下家務事，各位沒意見吧？」

雖然是詢問，但他說完的同時已經向臺上招招手，示意他們下去。

「爸……」在臺上的少女有些不知所措地望著這個看起來是黑道大哥的男子。

「我不說第二遍。」男子瞪著少女，又看了一眼臺上的劉藝，聲音微微放緩，「阿藝，到後面去，把事情交代清楚，你的家務事我就不插手了，該怎麼做你心理有數。到時候想混哪邊，由你，位置先給你留著。」

劉藝一言不發，只是默默地一把扯下白色假髮，將電吉他原地放下後，就直接從臺上跳了下來，緩步走到我們面前。他看看我、看看張倩，最後看看劉明，竟然露出一個詭異的微笑，「也好，跟我來吧。」

也許是被劉藝的笑容震住了，劉明竟然一句話都沒說。

而那位黑道老大，則拍了拍話筒，掃視一眼全場，「不好意思，大家繼續。」

音樂重新響了起來，我們跟著劉藝穿過那些搖擺身軀的人群，走進了後門裡的員工休息走廊。劉藝走進去後，掃了一眼屋內的幾個人，淡淡地說：「你們都出去。」

所有人一聲不吭地出去，期間有幾位好奇地看了我們幾眼，卻一句話都沒說。

劉藝走進房間，轉過頭來對我笑了笑，「你都弄明白了？要是沒贏就來找我麻煩，別怪我也找你麻煩。」

這時，我才發現他的臉色有點差，臉上冒著汗，呼吸有些不均……

看來，今天我們的到來對他不是一點影響都沒有。

眼見他依舊是似笑非笑的樣子，我的心微微一跳，但很快鎮定下來，「我不知道算不算贏，得問問你才能確定。」

「也行，那你就問問看。」劉藝笑得像一隻狡猾的小狐狸。

就算被打得措手不及，但劉藝還是劉藝。

第十章 瘋狂的愛意，折磨

這個地方與其說是休息室，倒不如說是化妝間，燈光明亮得有些刺眼，我發現角落裡有一個更衣間，空氣中帶著悶悶的香水味道。這一抹香味同時還混著菸味，讓我的鼻腔有點發乾。

這個地方，有一種讓人煩躁的憋悶氛圍。

「阿藝，你到底在搞什麼？」劉明這時強忍著怒意，很顯然正在努力找回步調，強迫自己冷靜下來，口氣卻依舊彷彿一座隨時會噴發的火山，「你今天必須給我交代清楚。」

劉藝看著劉明對自己說話的樣子，突然「噗嗤」一聲笑了出來，笑得無比開心。

「你笑什麼！」劉明再也忍不住了，上前一步怒喝。

大笑中的劉藝竟驀然踢出一腳做為回答，正中劉明的胯下，我在旁邊忍不住倒抽了一口冷氣。

「呃……」劉明的臉色頓時變成青白之色，滿臉痛苦地跪倒在地，顫抖著聲音說不出一句完整的話，「你……你瘋……」

「這三年裡，小媽對我還是挺好的，這一腳，算是謝謝她。」劉藝撐著膝蓋，微微彎下腰，看著自己父親越來越難看的臉色，笑了笑，「你以為你狗改不了吃屎的德行我不知道？二十多歲的女人，比較合你胃口吧？」

劉明一臉難以置信的表情看著劉藝，羞怒交加的他，卻是一句話都說不出來。

「你以為只有你會派人來查我？」劉藝微笑著凝視他的父親，語氣中卻帶有濃濃的鄙夷，「我真懷疑自己是不是你親生的，否則你怎麼會那麼蠢？有機會的話，去做做親子鑒定吧。」

劉明沉默，只是傻傻地望著劉藝。看上去，他沒有辦法接受一直尊敬自己的兒子，此刻變成這個樣子。

不，這或許才是他謙卑面容之下的真實面目吧？即便……已經裂痕滿身。

劉藝不再理會劉明，直起腰來，看著我良久，突然問道：「你不意外？」

我瞥了一眼地上的劉明，略帶尷尬地咳嗽一聲，「稍微猜到一點。」

「還能猜對多少？」

「估計不多，也不少。」

「那繼續猜，如果猜得讓我不滿意，那你就沒資格過來。」劉藝笑了笑，卻突然轉變口氣，語氣中帶著一股讓人發顫的寒意，「如果是這樣，估計你今天就要稍微留點零件在這裡了。」

他不是開玩笑。

我看著他的眼神，立刻意識到這點，「我問你的兩個問題，第一個答案是假的，你沒有用違禁藥品；第二個答案是真的，三年前你的確因為生病無法參加比賽。」

「繼續。」劉藝不為所動。

嘖，這難纏的小子……我之所以先說這個，是因為有了直接的物證，可以保證正確率百分之百。其他的雖然我也有信心，但終究還是依靠推理。

我再次過濾了一遍自己的分析，發現實在沒有更可靠的推斷之後，暗自一咬牙，「至於你告訴我的兩件事，你說你無聊才這麼做的，是真的；而你不會拿未來的小提琴生涯開玩笑，是假的。」

「嗯？」劉藝有些訝異地看著我，「我以為你會猜錯……厲害，你為什麼這麼覺得？」

「因為你不會拿自己未來的小提琴生涯開玩笑這句話是假的，那麼剩下那句自然就是真的。」

「你怎麼知道是假的？」

「你現在哪來的小提琴生涯？」我說出這句話的時候，發現劉藝的表情終於變了，頓時心下大定，「你的病果然沒好。」

「什麼病？」已經有些緩過來的劉明突然插嘴問道。

「聽力障礙。」我憐憫地看著臉色一下子刷白的劉明，「他的病，從來就沒好過。他只是花了一年多，讓自己學會讀脣語而已。」

從見面之初，我便一直覺得和劉藝交流很有壓力，並且有一種說不出的違和感；原因就是和他說話的時候，他的雙眼總是緊緊地盯著我。

一般人聊天，雖然會看著對方，但絕不可能像是考古學家研究恐龍化石般盯著。

而讓我真正懷疑劉藝聽力根本沒好的契機，是在跟蹤的那天晚上，我在隔著十幾步遠的情況下和戴著耳機的劉藝打招呼，說了一聲好巧，而他則正常地回覆我一句「是啊，很巧」。

我當時說話的聲音並不大，而劉藝戴著耳機，卻依舊能夠對我的話做出正確回應。如果僅僅如此，那還可以說劉藝的聽力不錯，即便在音樂的干擾下，也能聽到我說的話。

但問題是，之前和劉藝一起在酒吧演出的少女，即便貼著劉藝說話，他也根本沒有做出回答。原因很可能是，劉藝看的是前方，而不是他的身旁。

再加上張倩的說法，三年前的大變之後，劉藝的性格開始變得內斂。以及從平常的觀察，劉藝對大部分人不冷不熱的態度，高傲到只有讓人到他身前說話才會理人的舉止……

可以推斷出，劉藝根本不是因為高傲而不理人，而是因為他根本聽不到，所以乾脆在平常做傲然狀，並且用戴耳機聽音樂來掩飾自己聽力不正常的情況！

不僅如此，劉藝身為一個品學兼優的少年，成績一直在年級前列，可他的英文竟然只超過平均分數而已。

當然，很多人或多或少都有偏科，有擅長和不擅長的科目再正常不過。但問題是，太巧了，為什麼英文才是劉藝最差的一項成績呢？

因為英文和其他的科目不同，英文存在聽力測驗，劉藝在英文聽力上一定表現不佳，所以成績才被拉了下來。

雖然我不能完全肯定，但我估計劉藝和人交流，應該全靠他的眼睛觀察。觀察他人的嘴唇翕動、肢體語言和臉部表情，觀察一切可以觀察的細小線索，來推斷自己目前面對的狀況。

這無疑需要神話一般的專注、多智近妖的分析力，以及近乎偏執的意志，因為這個不可能一蹴而就。所以劉藝，花了整整十四個月才適應過來。

「不可能！他還能夠聽清音樂的，他的『絕對音感』不是假的！」劉明完全不相信我說的話，斬釘截鐵地反駁。

對一個正常人來說，劉明的問題的確比較難以解釋。因為在一般情況下，如果劉藝真的有聽力障礙，根本不可能完整演奏音樂，更不可能讓劉明驕傲於自己的兒子擁有「絕對音感」這件事。

但就如我所說，這僅僅是對「正常人」來說而已，而我嘛……剛好不在這個範圍內。

物靈，如果用物靈來解釋的話，就順理成章了。這是我想到的、唯一可以解釋的可能。

如果是物靈，什麼稀奇古怪的事情發生都不奇怪——如果物靈給予了他「看」懂音符的能力，那就說得通了。

除了讀唇外，我推斷劉藝的視覺還另有玄機。

就如先前提過的，貝多芬擁有「絕對音感」，除此之外，相傳他在晚年失聰後，還擁有一種近乎傳說的能力——「看見」音符。

當然，這僅只是神話天才音樂大師的傳說而已。

可如果傳說，並不僅僅是傳說呢？

假若劉藝也擁有這種特殊的視覺能力，那麼他的確可以分辨所有音符，並且分毫不差，達到某種程度、另類的「絕對音感」，並藉此來彌補自己失聰後的演奏缺陷，導致他之後的演奏曲風大變，不再陶醉在音樂之中，只是如機械一般，用雙眼仔細地控制每一次演奏。

此外，根據張倩替他處理藥瓶和注射器的時間，可以推論他是最近才開始使用藥物，而他演奏水準失常，也恰好差不多發生在這段時間裡。

醫學證明，吸毒易引起幻視幻聽，自然有可能會連帶影響劉藝特殊的視覺能力，導致他在學校行為有異、生日宴會上表演失常。

啪啪……

劉藝這時拍了拍手，點點頭，「厲害，我真的小瞧你了，既然已經猜到這裡，你後面一定還有，繼續……」

說到這裡，他頓了頓，冷冷地看了一眼站起來的劉明，「不用管他。」

「而你的聽力障礙，應該是選擇性的，你還是能夠聽見一些聲音。」我這句話一說出口，劉藝的表情更加驚訝了。

「是什麼？」

「搖滾樂，如果你真的完全失聰，就沒必要再去玩搖滾樂了，否則接觸聲樂的次數越多，就越容易露餡不是嗎？所以只有一個解釋，你能聽到搖滾樂。」我指了指他口袋裡露出的一副耳機，「你聽的歌曲，應該都是搖滾樂吧？你剛才在臺上的樣子，和那天我在你家時，聽你的小提琴曲完全不一樣啊……」

劉藝盯著我良久，然後不置可否地點點頭，「算你合格。」

「但我有一個問題想問。」

「你說。」

「為什麼要吸毒？」我一直覺得這件事很奇怪，劉藝被懷疑，完全就是因為吸毒所造成的異常。如果他不碰這種東西，按照劉明的腦子，估計還會被劉藝耍得團團轉。

劉藝愣了片刻，似乎沒想到我會問這個問題，然後才啞然失笑地搖搖頭，「我說一時衝動你信不信？」

「不信。」這句話我回答得一絲猶豫都沒有。

「為什麼這麼覺得？」

是啊，為什麼這麼覺得？

我倒是沒怎麼仔細想過這個問題，只好再次打量一下劉藝，乾巴巴地說：「因為我覺得你即便傻了，也不會傻得那麼沒性格。」

這句話似乎意外地很有說服力，劉藝連連點頭，滿臉感嘆地看著我，「倒是沒想到，你真的比我想得要聰明得多啊……」

原來我看起來很蠢嗎？我在心底暗自翻了個白眼。

「嗯，這個原因，三言兩語說不清。」劉藝笑容不變，臉色卻變得越發蒼白，「但歸根結柢可以用三個字來概括——有意思。」

「你簡直瘋了！」

聽到這句話的劉明再也忍不住了，頃刻從地上爬起，就要朝劉藝衝去，我連忙一把抱住他，不過他的力道很大，我感覺再三兩下就會被他掙脫，不由得大聲說道——

「劉先生！別忘了你答應過我什麼！」

「這個人沒信譽，你的話沒用。」劉藝毫不留情地嘲諷劉明。

「你……」也許是劉藝的嘲諷，劉明終於將怒意壓下，不再掙扎，深深吸了一口氣，「不好意思，你放開吧。」

我小心地看了看劉明的表情，發現他似乎真的平靜下來了，只是皺著眉頭，彷彿對我表現出來的小心有些不耐。

「『有意思』、『有意思』，你說說看……」劉明冷冷地看著自己的兒子，聲音中帶著一股散不去的寒意，「……到底哪裡『有意思』了？」

說到「有意思」三個字，劉明咬字特別重。

劉藝注視著冷靜下來的劉明，略帶詫異地揚揚眉毛，似乎覺得自己的老爹居然能恢復理智很不可思議，「看在你讓我有點意外的份上……那就聊聊好了。」

也許是受的打擊太大，劉明此刻連發火的勁頭都沒有，只是沉默地聽著兒子的想法。

「七年前，你和媽媽離婚，打了官司，要不是你外遇在先，媽媽根本奪不到撫養權。不得不說，你請的那個律師很厲害，靠一張嘴皮子就幾乎讓別人以為媽媽是精神病。」劉藝臉上露出一種很奇怪的神色，似厭惡，但又似眷戀，「也許是打官司差點輸了，媽媽很緊張我，怕我被你搶走。」

劉明聞言，哼了一聲，「以她的能力，根本教不好你，那女人只會囉囉嗦嗦的！來來去去就那麼兩句，寵你寵過頭，說你兩句她就和我吵架，還是個音痴，你跟著她，就她那個連哼歌都不在調上的水準來教你，音樂上的進度都落下了！」

一個音樂家的妻子卻是音痴，又想教導兒子的音樂……的確有點難以想像，也難怪劉明擔心前妻誤人子弟。

「說得好像你教得好我一樣。」劉藝冷笑一聲，立刻反脣相譏，讓劉明無話可說。

「而且有一點你猜錯了。離婚後，大概是知道你會有這種想法，媽媽很受刺激，她單獨撫養我四年……你知道這四年裡，她對我說得最多的是什麼嗎？」劉藝臉上的笑容在此刻隱隱透著一股慘然之感，「『你要超過你爸爸，別讓他看不起我們！』」

「她居然這麼說？」似乎沒料到前妻竟然爆發出婚前沒有的骨氣，讓劉明愣了一下。

「從我和媽媽一起生活開始，她就變得越來越嚴厲。不過很諷刺的是，也許是覺得我沒有父親管，她那種表現出來的嚴厲，都是在模仿你。」劉藝似乎也對自己的亡母缺乏好感，「但小時候畢竟還不是很懂事，有點難管教，再加上模仿始終都是模仿，怎麼也比不上本尊……你說，這種情況，如果你是她，該怎麼辦？」

最後一句話，劉藝是對我問的，我歪著頭想了想，最後還是發現，比起考慮管教孩子這種事——我更該優先考慮如何找到孩子他媽。

這個問題的層次太高，我段位不夠，只好乾笑著搖頭表示不知道。

「有句話叫『勤能補拙』嘛，既然模仿不好，那就再嚴厲一點來彌補。」劉藝幽幽地說完，我驀然感覺到從心底浮起的一絲寒意，「管孩子嘛，在她看來也就是這麼簡單的一件事，打一次記不住，就多打幾次，無法完成任務，那就別吃飯，也不用睡覺，她在我旁邊陪著，也算是同甘共苦。」

「後來我實在受不了了，我就說『我要回爸爸那裡去』，她聽了以後……」劉藝輕描淡寫地拋出一句讓任何人都會忍不住毛骨悚然的過去，「就用繩子把我捆在房間裡一個禮拜，餵我吃飯、抱我上廁所、用手打我、用家具打我，然後還很愧疚地和我說對不起，說她不想離開我……發生這種事，從頭到尾都不會有人知道，反正學校那邊，她就說我生病了……呵呵，你們說，她是不是真的挺喜歡我的？」

劉藝問問題的時候聲音很是柔和，但在殘酷的事實對比下，卻突顯出一種冰冷刺骨的絕望之感。

舒蓮是個瘋子！我艱難地嚥了口唾沫。

但我發現發出這個聲音的好像不只是我，還有在一旁始終沒吭聲的張倩，她正一臉驚懼地看著劉藝。

「但我嘛，脾氣在那個時候還是很倔的，她就算捆著我，我心裡還是想，等媽媽什麼時候放開我了，我就去找爸爸……可媽媽還挺聰明的，她估計是猜到了，你們猜猜，她用什麼方法讓我打消念頭？」

我和張倩此刻都忙不迭地搖頭，至於劉明，早就已經失了神。

好在劉藝也不指望我們回答，只聽他自問自答，輕聲說下去：「有一點爸爸可能不知道，媽媽其實是很聰明的，她很快就想到了對付我的辦法——她拿著一把刀到我面前……割腕……」

「我那時還是第一次看到人流那麼多血呢，馬上就嚇壞了。媽媽當時用不斷冒血的手摸我的頭，血很熱，馬上就滴到我頭上、流到眼睛裡。也不知道是驚慌還是恐懼，反正我當時就哭了。不過媽媽立刻用很溫柔的語調和我說：『阿藝啊，媽媽現在只有你了，你要是走了，媽媽活著也沒意思，不要走好不好？』嘿嘿，那時候我哪裡還有什麼主意？自然說好了，然後媽媽又和我說：『阿藝，你記住，如果你走了，你就等於殺了媽媽。』所以從那以後……我就好乖好乖，比爸爸在的時候，還要乖。」

我一邊聽，一邊只覺得手腳冰冷；而張倩更誇張，我甚至聽到她牙齒微微打架發出的喀喀聲。

「所以，後來哪怕媽媽對我再嚴厲，我也不準備跑了，更不會說我要找爸爸這種事。她是認真的，如果我去找爸爸，她真的會死給我看。」劉藝彷彿陷入了回憶，眼神放空，裡面什麼也沒有，沒有恨意，沒有委屈，更沒有悲傷，在這一刻，他彷彿一尊沒有靈魂的木偶。

「後來有一次，因為我比賽發揮失常，沒有取得好名次，媽媽很生氣，她用皮帶抽我，打得我很疼，但是我不敢跑，所以只好哭，讓媽媽不要打我。媽媽消了氣後，也很難過，哭著問我『你恨不恨媽媽』。我當時回答她，雖然媽媽有時候很凶，但媽媽很可憐，所以不是她的錯，因為讓她變成這樣的人，不是她自己，也不是我，是一個叫『劉明』的劈腿男人。所以說，如果這件事真的要找誰負責，也得找他才對。

「媽媽聽了很高興，說我說的沒錯，以後一定要好好努力、超過爸爸，讓我為她爭口氣。她還說，她對那個男人的報復，就是讓我在沒有他的情況下，站得比他更高更遠；她說，這是我們母子對那個負心人的復仇。我說好，我們以後要報仇。」

這無疑是一個很危險的想法，我不知道舒蓮原本是一個怎麼樣的人，但至少從這個階段來看，她的確有了心理疾病；而她管教孩子的方式，也已經越過了所謂一心同體的界限。

是一種復仇式的洗腦。

而劉明則像是失去了全身的力氣一般，一屁股坐倒在地。看來在這一刻，他已經忘記了所謂上流人士的矜持和自信。

「雖然這麼說……但我好累啊……我受不了……但我跑不了……我不敢

跑……」劉藝的身軀開始微微顫抖，他舉起雙手，恍若看到自己最噁心的一面，「我真的受不了了，後來我求媽媽，別管爸爸了，我們好好過日子。

「但媽媽不聽，她還很生氣地打我，不過可能是因為打久習慣了，又或者是因為我長大，身體變得結實，倒是挺耐打的。所以最後一年，我們天天吵架，她打我，反正我受得了，那就讓她打好了。直到有一天，我們吵得特別厲害，那段時間我生病了，耳鳴很嚴重，幾天沒有睡好，所以比較煩躁，媽媽讓我去比賽，我不想去，就吵了起來。然後我把憋了很久的一句話說出來，媽媽就不說話了。」

劉藝的臉色已經蒼白得沒有一絲血色，他尖厲淒然地笑了一聲：「我當時說，『我不是妳復仇的道具，妳到底還要控制我多久？妳這瘋女人！當初還不如別生我的好！』」

這句話殺傷力太大了，別說精神不穩定的舒蓮，就是普通的父母，恐怕也受不了這種語言方面的刺激。

「說出口的瞬間，我就後悔了，媽媽當時一句話也不說，只是很奇怪地看著我……隔了很久，她才說：『你走吧，愛做什麼，就做什麼吧。』她說這句話時很平靜，平靜得讓我害怕，所以我就乖乖地拿起小提琴，去參加比賽了。我當時在路上還在想，如果我對音樂沒什麼天賦就好了，如果沒有給媽媽這種希望就好了，然後在比賽前……突然間，我好像真的什麼都聽不到了。」

「你們體會過嗎？所有的聲音在你的世界裡消失了，你會一下子體會到內心的寧靜。我當時並不驚慌，甚至還有點高興，當聾子多好，媽媽以後再也不會逼我了，我當時直接就從會場裡逃了回去……拿鑰匙打開門，就想和媽媽說，我聽不到了。」

說到這裡，劉藝的呼吸開始變得急促，似乎回想起最可怕的一幕，「……但媽媽一樣聽不到了。我在浴室的浴缸裡發現她，血腥味好濃，蓮蓬頭一直灑著溫水，水被血染紅了，一直從浴缸裡滿出來，我一腳都不敢踏進去……」

「是我不聽話、是我不聽話，媽媽才死的。我不敢和任何人說……」劉藝用顫抖的雙手抓著頭髮，「後來我被爸爸接走了。從那天起，我每天晚上都看到她，她渾身是血，一直在怪我……她說我殺了她……是我殺了她，是我逼死她的！」

說到最後一句，劉藝的笑容化為一種極為扭曲的表情，聲音也變得如野獸低吼一般。

但他隨即反應過來，發現自己失態，連忙用雙手整理一下頭髮，抬起頭，歉意地對我們笑了笑，「不好意思，嚇到你們了？」

那謙和的語調、舒緩的笑容，如果不是他滿頭的冷汗和蒼白的臉色，我幾乎以為剛才快要崩潰的少年不是他。

「呃，還……還好。」我乾巴巴地回答，不知道我的表情有沒有說服力，但我現在實在沒什麼餘力去控制面部肌肉，去展示一種遊刃有餘的微笑。

「這件事是我做錯了，既然做錯了，就要想辦法彌補。媽媽說，在沒有爸爸的教導下、在沒有他的情況下，我超過爸爸就是最好的復仇。但這個條件已經沒有了，因為媽媽已經死了，而爸爸在管我……那到底，要怎麼樣，才能報復他呢？才能讓媽媽不怪我呢？」劉藝說到這裡，微笑地看向我，「你這麼聰明，一定猜得到吧？」

回憶劉藝的所作所為，我突然想到了一個對劉明而言最惡毒的報復方式。我看了一眼已經滿頭大汗的劉明，用一種莫名到讓我自己也分辨不出來的語氣說：

「超越你的父親，同時毀掉自己。」

啪！

劉藝打了個響指，看著我的眼神充滿了激賞之色，「你果然很聰明。沒錯，對於將自己最大期望寄託在兒女身上的父母來說，最好的報復，就是毀了我自己。那麼問題就來了，我要怎麼樣才能讓他對我的期待投注到最大呢？嗯，這個答案很簡單，讓他為我驕傲；而如何讓他覺得，我是一個值得驕傲的兒子呢？我得變得無比優秀才行！

「所以我下了決定之後，就開始瘋狂地練習小提琴演奏，比媽媽在的時候還要努力。但我根本聽不到，小提琴也拉得不好，不僅沒有進步，反而退步了。我甚至漸漸忘了音樂的感覺，所以我每次開始拉小提琴時，都會求媽媽幫幫我……然後，媽媽真的幫我了——我突然變得可以看見音符的顏色，所有聲調在我眼裡都有了顏色，我摸索出規律後，再次試著練習小提琴——演奏開始變得完美。」

劉藝忍不住笑出聲來，其中充滿了快意，卻又隱隱帶著一種病態，讓我感受到從骨子裡散發出的寒意，「媽媽果然還是願意幫我的，聽不見又怎樣？我一樣可以演奏出完美的樂曲！」

原來如此……物靈就是那個時候覺醒的！

我心中微微一動，瞥了一眼被張倩背在身上的小提琴，猜出了小提琴的名字——媽媽。

物靈的幫助，讓劉藝誤以為是母親的保佑。

「等……等等！」張倩驀然向前踏出一步，毫不避讓地看著劉藝，眼淚在眼眶裡打轉，「那你為什麼要教我？」

劉藝臉上的笑容第一次消失，看著面前的張倩，他的神情恍惚了一下，但隨後用一種極為複雜的目光看向張倩，「因為，我唯一能聽見的小提琴樂曲……只有妳的演奏。」

原來如此，所以在張倩的那一次演奏之後，劉藝才會哭出來。演奏者聽不見自己的音樂，無疑是一件極為悲哀的事。

在聽到的一瞬間，還是自己曾經表現出來的曲風的一瞬間，必然感動到無以復加。

「當然，張倩妳並不是我復仇的一環，所以這件事，和妳沒什麼關係。」劉藝很認真地對張倩這麼說，然後看向我，「的確，計畫其實挺順利的，靠著這個視覺，我做到了很多事，還練出了和人自然對話的觀察力，音樂方面的造詣，也進展神速。透過同學的關係，我還接觸到黑道……這樣下去，我很快就能讓媽媽滿意了吧？但是，到了今年，我實在撐不下去了，我覺得好累，我決定還是把這件事提前結束掉比較好。但既然要提前結束，那就，再徹底一點……」

聽到這裡，我頓時明白了，「所以，你就去吸毒？」

「嗯，兒子吸毒，還混黑道，可以直接毀掉光明的未來了吧？曾經享有的榮譽，都會變成同等分量的恥辱砸在這個男人的臉上……」劉藝低下頭，看著坐倒在地的劉明，神情無比淡漠，「是不是很想死啊？這就對了，我和媽媽……都是這樣過來的，這是你的報應。

「但可惜，我其實還想再玩久一點的，我的毒癮不夠深，身體也沒有垮，這麼快就揭露謎底，多沒意思。可惜從我吸毒的那天開始，我的演奏就時不時出問題，不過我好歹能抓住一點規律，只要我不是太用心，隨便拉一下，就不會出錯；如果太專心了，音色似乎就會變。但終究還是讓爸爸起了疑心，本來也沒什麼大不了，我還可以耍耍他……」劉藝滿是遺憾地嘆了一聲，埋怨地對我說：「我已經……沒什麼在意的事了，你卻偏偏要多管閒事。」

我悵然若失地看著眼前這位讓人無比惋惜的少年。毫無疑問，他是我接觸的少年中，最優秀的一位，但正因為這份優秀，讓他陷入了一種沒有辦法阻攔的偏執之中。

天才的偏執，本來就和瘋狂差不多。

可是，他真的除了復仇，一點留戀都沒有嗎？

不，一定有的，得把它找出來！我好像還漏掉了什麼東西……那東西，是什麼呢？

我不斷在腦中思索著，企圖找到新的出口。應該有的，應該還有一塊拼圖被我遺漏……

我猛地打了個哆嗦，冥冥中一道靈光從我心中的某個角落出現，並漸漸變得耀眼起來——原來是這裡。

拼圖，一直都在那裡！
歌詞可以證明一切！
我之前……猜錯了！

第十一章

最後的搖籃，重生

「沒什麼在意的事了？」我摸著下巴，略帶得意地笑了笑，「不見得吧？」

劉藝一愣，然後他有些陰沉地皺起眉頭，「你想說什麼？」

「你不想知道，你母親的遺言嗎？」我緊緊盯著劉藝的表情。也許是因為壓力過大，或者是因為剛才宣洩太過，劉藝並沒有把情緒控制住，我清楚地看到他的臉色一變。

果然沒猜錯，舒蓮有遺言！

這個歌詞是劉藝寫的，隨著他的闡述，我也大概弄明白歌詞的源頭在哪了，也解釋了很多我不明白的事。

但有一部分的歌詞，卻始終沒有被解釋清楚。那就是副歌部分——

浸在血中模糊不清的呢喃。

（傾聽，傾聽，我卻聽不到。）

那到底是懺悔還是咆哮？

（傾聽，傾聽，永遠聽不到。）

舒蓮一定有留下遺言！至少劉藝認為那是遺言！

而從「傾聽，傾聽，我卻聽不到」、「傾聽，傾聽，永遠聽不到」來看，劉藝很可能並不清楚遺言的內容。

因為遺言並不是寫下來的，而是錄下來的。劉藝只能看到音符的顏色，卻沒有辦法分辨一段錄音裡到底說了什麼。

而因為敏感、複雜的家庭環境，劉藝並不想讓其他人知道母親的遺言究竟說什麼。所以，這個錄音還沒有被人聽過。

那麼仔細想想，當自己的母親留下遺言，自己卻因為聽覺障礙而聽不到……劉藝會放棄嗎？

不，他不會放棄，因為他的聽覺根本就不是完全失靈，搖滾樂以及張倩的小提琴，讓他明白自己在一定條件下還是能聽到聲音。

就算他不知道具體的條件是什麼，但足以產生一種僥倖，讓他對母親留下的遺言有很強的執著！

他一定會時常試驗自己能不能聽到遺言。

所以我猜錯了……

「你耳機裡聽的，不僅僅是搖滾樂吧？」我一字一頓地說出自己的推斷，心底卻同時捏了一把冷汗。這是能夠讓劉藝放下的最後一絲可能，「是你母親的遺言對嗎？」

精神不穩定的舒蓮留下的遺言，將會是拯救劉藝的最後一把鑰匙，但也有可能，是送他下地獄的推手。

劉藝沉默良久，才緩緩道：「事到如今，我已經不在意了。反正，不管她到底是要報仇，還是想和我道歉，事實都是……我把她逼死了。記得黑道電影有句臺詞叫做『出來跑，遲早要還』，我得還。」

「真的不在意？」我試探性地問了一句，同時緊緊盯著劉藝的樣子，發現他的眼中閃過一絲猶豫，我頓時心中大定，「給我聽聽，就算你想要做什麼，聽聽也沒損失吧？」

「憑什麼？」劉藝哼了一聲。

「反正你都不在意了，還那麼扭捏幹麼？」我略帶鄙夷地看著他。

劉藝只猶豫一下，旋即將口袋裡的 iPod touch 丟給我。我略帶緊張地接住，戴上耳機後卻聽到激烈的搖滾樂，我皺著眉頭問：「第幾首？」

「第一首，寫著『錄音筆01』的那首。」劉藝頓了頓，似乎想解釋這個名字，「我媽媽當初是用錄音筆錄下的。」

為了防止劉藝反悔，我立刻將耳機戴上，隨後按下了播放鍵……

……

老實說，我想過很多舒蓮留下的話語到底是什麼，比如懺悔什麼兒子對不起啦，或者這個世界上男人都靠不住啊的怨言。

唯獨沒有想到，舒蓮最後的遺言，竟然是這個……

但這份遺言，真的有用嗎？我茫然了，一下子不知道該怎麼辦。

「你那是什麼表情？」劉藝狐疑地看著我，「她說什麼？」

我沒有回答，只是將耳機遞給張倩，示意她聽一下。張倩略帶緊張地接過，小心地看了一眼劉藝，發現他沒有表達出強烈的反對，便將耳機戴上。

而將耳機戴上的瞬間，張倩也愣住了。

「張倩，知道怎麼做了吧？」我輕聲詢問。

張倩略一猶豫，便點了點頭，隨後她在劉藝疑惑的目光下，將一直背在身後的小提琴拿了出來。小心地試了試音之後，她就閉上眼睛，深吸一口氣，隨後……熟悉的溫柔樂曲如溫熱的泉水般流淌開來，帶著濃濃的暖意，讓人忍不住渾身放鬆，想要忘卻身心的疲憊，沉沉睡去……

「這……這是……」劉明首先露出驚愕的表情。

是《舒伯特搖籃曲》。

舒蓮在錄音裡錄的，就是她自己的清唱錄音。也許說《舒伯特搖籃曲》這個名字會讓人覺得陌生，但中文版歌詞實在是普遍到每個人都聽過。

睡吧，睡吧，我親愛的寶貝，
媽媽的雙手輕輕搖著你。
睡吧，睡吧，我親愛的寶貝，
媽媽的雙手輕輕搖著你。

搖籃搖你快快安睡，
睡吧睡吧被裡多溫暖，
睡吧睡吧，我親愛的寶貝，
爸爸的手臂永遠保護你。
世上一切幸福的祝願，
一切溫暖全都屬於你。

就是這首歌，被舒蓮用極為溫柔的聲音完整錄下，即便在她唱到「爸爸的手臂永遠保護你」這句話時，也充滿了一種暖人心脾的情意。

劉明臉上的神情初時複雜得難以分辨，但漸漸的，情緒變得越來越純粹，最後只剩下一抹愧疚。

「不對……不對，肯定弄錯了……」

至於劉藝，他的表情則是一下子變得茫然失措，雙手無意識地抱頭，「不對！你騙我！耳機裡傳出的音階聲調根本就不是……」

說到這裡，他驀然頓住了，嘴脣微顫，一句話都說不出。

「你媽媽真的是音痴，她這一整首歌，就沒在調上過……」我苦笑著說出這個讓人無語的理由。既然舒蓮是個唱歌跑調王，那只能憑藉聲調音階起伏來判斷樂音的劉藝，自然根本無從分辨。

而在這時，我聽到書書急切的話聲：「阿樂！」

我聞言將頭轉去，頓時將雙眼瞪大。只見一抹白色的流光，隨著琴弓和琴弦的交會處流出，彷彿一道從音樂中流出的音符暖流一般，逐漸融匯成一個純白的光影。

光影漸漸凝聚，露出了背後擁有一對光翼的嬌小少女，大小就如一隻慵懶的波斯貓。

少女抱著一把金色的豎琴，穿著薄薄的黃色輕紗連衣裙，面容精緻，神情哀傷，彷彿西方童話中的妖精一般讓人憐惜，「謝謝你，阿樂先生，請一定要救他。」聲音恍若來自悠遠的神殿之中，空靈又帶著陽光一般的暖意，混著春雨滲入土壤內。

「不好意思，我們一會再聊。」我好奇地看了少女一眼，歉意地笑了笑。

而她則感激地搖搖頭，表示並不在意。

我將耳機遞給劉明，他停了一會，神色複雜地看著劉藝，乾裂的嘴唇顫抖了兩下，「沒錯……是你母親的聲音。」

劉藝聞言，慘然一笑，驀然仰天倒下……

「阿藝！」在劉明的驚呼聲中，我連忙搶上前將劉藝扶住。看著他急促的呼吸和蒼白的臉龐，用手摸了摸……

「溫度很高，快送醫院。」我暗罵了一句該死，竟然一直沒注意到劉藝難看的臉色。我一開始以為是心情的問題，沒想到劉藝早就病了。

我們急急忙忙地將他抬了出去，送上劉明的車。劉明一腳油門踩到底，急速開往醫院。

送到醫院急診，一陣手忙腳亂後，護士讓我們安心等待，並告訴我們劉藝已經沒有大礙。

劉明長吁了一口氣，一屁股坐倒在椅子上。

我將剛才抽空去買的水遞給劉明和張倩，在他們向我道過謝後，我便跟他們說要暫時走開一陣，並將放在一旁的小提琴箱拿起，走到無人的角落，乾咳一聲，說出了一個讓我有點尷尬的名字——

「媽媽，妳在嗎？」

唔，果然喊物靈「媽媽」還是好尷尬。

箱子縫隙中溢出一道流光，漸漸凝聚成一名少女的身影。不知道是不是錯覺，我注意到她背後的光翼，光芒變得有些淡了。

「阿樂先生，謝謝。」「媽媽」好奇地望了眼我身邊的書書，羨慕地說：「要是阿藝也能看見我，能和我說話……」她輕聲嘆息，似乎在對自己的無能為力感到難過，「他也許就不會這樣了。」

「媽媽」似乎並不驚訝我和書書的相處方式，看來她應該是在這之前就已經見過我們了，時間應該就是我去劉明家的那次，但在某些特殊的條件限定下，沒有辦法顯出靈體。

「現在如果能解決，也不晚。」我只能如此安慰，卻沒什麼底。

劉藝今天受了那麼多刺激，心理也許會發生變化，但這個變化是好是壞，卻完全沒有辦法打包票。

而「媽媽」顯然也明白這點，緊張地望了一眼遠處的病房，那裡是劉藝躺著的方向，「希望如此。」

我見氣氛有點尷尬，決定用問題打斷這個話題，畢竟在劉藝醒來之前，這邊再怎麼愁都沒用，「『媽媽』，為什麼我上次去阿藝家時，妳沒有辦法出現？而今天卻可以？明明劉藝才是妳的使用者，但他演奏時妳不出現，張倩演奏時卻……呃，我只是隨便問問，不是指責妳。」

後一句話，是因為我發現這名妖精少女臉上浮現出了哀傷。

「他以前也可以讓我出現的，正因為我能出現，我才能把看到音符的能力給他。」也許是怕我不明白，妖精少女很認真地補充，「他以前演奏是很用心的，即便是聽不見的時候。」

「用心？」我重複了這個讓人覺得有點曖昧難明的字眼，「用心，是讓妳出現的條件？」

「嗯，是的，但即便真的努力去用心，也不一定可以成功……要心無旁鶩才行。」妖精少女似乎也很苦惱這個限制，「阿藝如果願意認真一些，五次裡面，大概能有三次讓我出現，可是我發現他吸毒……所以就、就……」

「就怎麼了？」

「我就試著擾亂他的視覺能力，他演奏失誤、在學校裡失常，都是因為我。」妖精少女低下頭，聲音中滿是愧疚和歉意，「可我沒別的辦法……只有這麼做，別人才會注意到他，我也只剩這個用處了，因為光憑我，根本救不了他……」

「我干擾了他幾次視覺後，可能是他後來發現了什麼，演奏的時候總是留著三分餘力，很小心地演奏，不肯全情投入，我能夠出現的次數越來越少，也越來越難以使用能力了，所以……我只能看著他越走越遠。」

原來如此，所以劉藝的小提琴水準才會不穩定。因為劉藝在演奏時，對音樂投注的情緒，往往不足以讓「媽媽」覺醒；而有些時候情不自禁投入，「媽媽」就立刻出現，選擇時機來讓劉藝失控。

啪嗒！

如寶石一般的細小淚珠從浮空的妖精少女臉上墜下，「他當初很努力的練習，我想幫幫他，才把新的視覺能力賦予給他……可如果我當初不幫他，他也不會……」

她說的並沒有錯，如果不給劉藝看見音符聲調的能力，他在音樂的道路上將黯淡無光，自然也不會為了一件毫無希望的復仇去付出一切。

但是……

我突然能夠感受到書書曾經勸解我的心情了，所以我也用一模一樣的臺詞告訴她：「每個人都應該有權利去選擇自己的路，哪怕是去死。在這方面，人和物靈是一樣的。所以無論如何，他都應該對妳說聲謝謝。」

說出這句話後，我轉過頭，和書書相視一笑；書書眼中滿是欣喜。

「謝、謝謝……我只想讓阿藝平安就好，平安就好。」妖精少女泣不成聲，「就算他不願意再用心使用我了……只要他好好的，什麼都可以。」

我看著那些在空中飄散、如寶石一般的淚珠，同時發現妖精少女背後的光翼又變得黯淡了一些，心中微微一動，「妳每次出現，能維持多久？」

「哎？」妖精少女一愣，轉過頭看了看自己的光翼，「得看情況，如果我使用能力的頻率太高，會加速消耗從演奏者那裡得到的力量，縮短這個時間，今天的話……」

她略一猶豫，「我努力一點，還能維持五個小時吧。」

之後就得等到下一次的演奏者用心演奏來獲得能量，才能再次復甦嗎？不過事到如今，劉藝是否還會重新拿起小提琴，已經是未知數。

這樣下去，她衰弱致死的可能性非常高！

想到這裡，我就對妖精少女說：「那我們先回去，看今天阿藝能不能好轉，他醒過來的話，我可以幫妳當傳聲筒。」

「真的？」妖精少女眼睛一亮，隨後便是滿臉的感激。她在半空中深深地鞠躬，「太謝謝你了。」

而當我回到原來的地方時，卻發現劉明和張倩已經不在原處，這時一名護士走了過來，告訴我劉藝已經醒了。

她說如果我要去探望，沒什麼問題，目前病人病情穩定，燒退了大半，但保險起見需要靜養，所以不能打擾太久。

我連忙拿著小提琴箱走向劉藝的病房，而那位妖精少女，則等不及似的飛到了我的前面。

我們一進入病房，就聽到劉明滿是怒氣的聲音，「你給我再說一次？」

我暗道不好，連忙走上前，唯恐劉明這死板的中年人又做出什麼蠢事。

劉藝的臉色依舊不好，他穿著病袍，左手吊著點滴，神情淡漠，「我說，我不上學了。」

張倩看看大的，再看看小的，神情惶惶，大氣也不敢喘。

「你瘋了！你連高中都沒畢業！」

「我不需要用學歷來證明自己。」劉藝瞥了一眼劉明，面帶冷笑，「我不找你麻煩你就該感恩戴德了，別來指手畫腳。」

劉明氣得臉色鐵青，勉強點點頭，「我現在先不和你爭，等你出院回家再說！」

他氣呼呼地轉過身，走出病房。途中我和他擦肩而過，他卻連看我一眼的心思都欠奉，而我的手很尷尬地懸在半空——剛才還想和他打聲招呼的。

我走近病床，劉藝對著我微微一笑，「今天不好意思了。」

「呃，還好……」我乾巴巴地回答，上下打量了一下對方，覺得有點不對勁，「你沒事了？」

劉藝笑容微微一僵，抬頭看著天花板，「怎麼可能沒事？不過……真的很多年沒有這麼放鬆了。呵，我早就該想到的。」

「想到什麼？」

「我媽媽留下的錄音，我一直覺得很熟悉，可我就是想不起來那是什麼，今天總算知道了，原來是小時候讓我放鬆、哄我睡覺的搖籃曲。」劉藝的表情似哭似笑，我看不出到底是悲傷還是感動，「她凶我太久，我都忘了她曾經對我很溫柔的樣子……但總算，總算知道了一點。她臨死前，原來想的不是抱歉，也不是報仇啊……」

舒蓮最後唱的歌，雖然沒有明言，但單單從她唱的歌詞來看，她無疑是將兒子交給了生父，她自己也已經意識到，自己對劉明的恨意是真的，但對劉藝的愛意同樣無法抹殺。

可是只要她在未來的日子裡無法擺脫劉明曾對她造成的影響，那麼劉藝遲早會毀在她手中。

舒蓮可能已經清楚自己的狀態，她對兒子的愛意以及愧疚無法遏制；可同樣的，她也無法遏制對劉明背叛的痛恨。

她控制不住自己，既然控制不住自己，就留下自己能給予的最好的東西，默默地離開。

而唯一的解決方式，就是趁自己還清醒的時刻，對劉藝放手；在還沒變得更為瘋狂之前，結束自己的一生。

就如劉明所說的那樣，舒蓮並不是一個優秀的女性；但正因為她的不優秀，她才能做出這個大部分人都做不到的決定。

放下被背叛的痛苦，甜美地唱一首沒在調上的歌，去祈願、去祝福。

所以她在錄音裡，留下的只是一種極為笨拙的溫柔。用這種方式來傳遞給劉藝一抹無法磨滅的溫柔。

「她只是單純地想讓我自由罷了，為此，連那種渣男她都可以原諒。」

劉藝微微低下頭，眼眶隱隱透出一絲血色，但他臉上的笑容，卻第一次在我眼前，如此真摯而純粹地綻開，「那就自由一點好了，總不能……總不能讓她白死吧？」

見劉藝此刻的樣子，我不由得放下心中一塊大石，因為我發現情況比我想得要好得多。

劉藝的痛苦並沒有因為舒蓮最後的遺言而減少一絲半分，甚至可能產生了比以前更加強烈的愧疚與懊悔。但關鍵的地方在於，這種愧疚與懊悔，已經不再像原來那般，會誕生出那麼極端的自毀傾向。

因為，原先他認為自己需要付出一切來帶給劉明最恐怖的報復，以此祭奠母親，並做為自己的懺悔。

可舒蓮所表現出來的最後心願，根本就不是這個。甚至可以說，劉藝最近幾年的所作所為，幾乎是和舒蓮想要的背道而馳。

她希望自己的兒子獲得應有的生活，不用活在一個可怕母親的陰影之中。

「那你就別老和你爸爸抬槓，用不上學氣他，沒什麼意思。」我心下大定，決定乘勝追擊，試圖緩和一下他們的父子關係。

但我說出這句話後，劉藝就用很奇怪的眼神看著我，彷彿在看一個活到現在的史前恐龍，把我看得有點毛骨悚然。我忍著渾身的雞皮疙瘩問：「幹麼這樣看我？」

「沒什麼，只是在想為什麼你突然變蠢了而已。」劉藝面無表情地回答。

我乾咳一聲掩飾尷尬。

「第一，我只是不想做原來想做的事而已，並不代表我對那個沒有節操的男人有好感了；第二……」劉藝伸出兩根手指，略帶輕蔑地說：「誰說我是為了氣人才這麼說的？我只是單純不想在學校裡浪費時間而已。學校？嘿，我一向覺得，學校毀掉的人比造就的人還多。」

我擦了擦額頭冒出的冷汗，只覺得劉藝正在一點點褪下曾經偽裝的那層謙和外皮，露出無比鋒銳的一面，說的話開始變得直接而偏激。

彷彿一把鋒銳的古劍，在出土後，掃去塵埃，漸漸露出崢嶸的一面。

「從社會的一般角度來說，大學我就不說了，你至少把高中讀完吧？否則以後過日子，低學歷會比較吃虧，多不公平，對吧？」

劉藝不置可否地撇撇嘴，似乎有些不屑，卻沒有反駁我，只是問了一個問題：「看過《思考的整理術》嗎？」

聽到這個書名，我愣了一下，下意識地看了書書一眼。而書書聽到劉藝的話，好像若有所思。

可能是沒有對我看過這本書抱有期望，劉藝伸出一隻手，平平向一邊伸出，「我就拿這本書來舉個例子好了，這是滑翔機和飛機的區別。雖然比起古代，現代的教育普及要高很多，但正因為如此，得到知識實在太容易，誰也不會爭取了，因為知識都會被老師用最簡單的方式教給你，誰都不珍惜，包括我在內。因為這些知識誰都學得到，你會我會他也會，那學來幹麼？」

喂喂，雖然我承認你說的有一定道理，但你現在這麼瘋瘋癲癲的，我只覺得你怪怪的啊……

「呃，別人都有，你沒有，很多時候總會吃虧的。」
「你覺得我會吃什麼虧？」劉藝看著我，表現出一種極為做作的好奇。
我頓時啞口無言，說實話，這種精明到讓所有人頭疼的小鬼，要吃虧並不是一件容易的事。從這方面來說，我還真的沒有辦法判定上學這件事，對於劉藝究竟是好還是壞。
畢竟大部分的學校，都是將蠢貨變成庸人、將天才也變成庸人的地方。
明明每個人都不一樣，偏偏要教同樣的東西，管你圓的扁的，通通都穿上校服用同樣的方式包裝出來，結果就是從學校畢業的人也都大同小異。
學校培養最多的從來就不是人才，而是便於社會管理的人。
「那你之後準備幹麼？」
「還記不記得我告訴你的兩件事，其中那件真事？」
「因為無聊才做這些事？」我愣了一下，然後忍不住用古怪的眼神盯著他，「所以你就想找點有意思的事做？」
「嗯，有意思比較重要，所以目前還是繼續玩我的搖滾樂吧，這好歹是我唯一能聽到的了。這麼多年在音樂上的心血，我捨不得丟，況且……」

劉藝自嘲地笑了笑：「我也只剩下自由了，所以還是由我吧，我不想連這個都沒了……更不想再用那個男人的錢去上學。」

冠冕堂皇說了這麼多，其實最後一句才是你真正的理由吧？

我笑了笑，也就不再多勸，瞥了一眼「媽媽」，又問道：「那你以後準備去幹麼？」

「反正不會餓死，放心，我不準備混黑道。」也許是看出了我的擔心，劉藝隨意地擺擺手，隨後露出一絲苦笑，「當然，我也不會再拉小提琴了。」

此言一出，妖精少女的表情頓時黯淡下來。

「學小提琴的要求，明明是我小時候自己提出來的，原因是因為喜歡，因為覺得這是一個很好的夢想目標，但不知道什麼時候開始，變成了任務、變成了工具、變成了……連我的夢想，都成為父母的夢想。」劉藝看著自己修長的手指，似乎在體會自己觸摸小提琴時的觸感記憶，「然後，我就再也喜歡不起來了，所以我得重新找一個自己喜歡的目標才行。」

我頓時無言以對，這是很普遍的一個現象，很多人都明白，卻依舊不停地在犯錯。

別活在他人的夢想裡，因為那裡什麼都沒有，只會失去自己。

而眼前的劉藝，就是最好的例子。

他將自己，丟失了整整三年。

但是，那個拿著豎琴的妖精少女，又該怎麼辦呢？

我看向「媽媽」，只見她臉色蒼白地微笑著，雖然忍不住淚流滿面，但她依舊讓自己看上去笑得心花怒放，「算了吧，阿樂先生，對我來說，雖然是因為他，我才出現的，但在我眼裡……他既然叫我『媽媽』，他就是我的孩子。而他媽媽的遺願，是讓他獲得自由，他的媽媽，只應該存在於回憶中，不該出現在他未來的世界裡，所以……別告訴他。」

別告訴他，妳的存在嗎？

一股極為酸澀的悲涼從胸腔中驀然升起，我卻連拒絕的力量都沒有，只是竭力控制住將要顫抖的身軀，微不可見地對她點點頭。

正當我以為這件事就這樣結束、成為定局的時候，劉藝突然說道：「阿樂哥，可以把小提琴箱給我嗎？」

我愣了一下，便將小提琴箱遞了過去、

「抱歉……」似乎是在對著小提琴說話，劉藝溫柔地撫摸了幾下小提琴箱，將它打開，彷彿在做什麼艱難的決定一般閉上眼睛，同時將箱子重重關上，「張倩，過來。」

一直在旁靜靜傾聽的張倩應了聲，走上前，一臉茫然地從劉藝手中接過小提琴箱。

「哎？」張倩愣了一下，低頭看看小提琴箱，又看了看劉藝，「學長，你……」

「我失敗了，總不能連累它啊……」劉藝凝視著小提琴箱，「它是我媽媽買給我的，以後別弄壞了。」

「學學、學學學長，這……這個太貴重，我不能要。」張倩結結巴巴地說著，「我、我還沒有心理準備啊……」

我發現了轉機，嘿嘿一笑，「又不是求婚，妳要什麼心理準備……」

張倩頓時被我笑得滿臉通紅，張張嘴卻一句話都說不出口。

「別覺得不好意思，是我要拜託妳才對。」劉藝溫和地摸了摸張倩的腦袋，略帶不捨地看了一眼小提琴箱，「我曾經的夢想，就只剩下這個了，妳是唯一能演奏出我能聽到的小提琴曲的人，妳拿走它，讓我看看……妳能走多遠。」

張倩瞪大雙眼，愣愣地看著劉藝。良久，她重重地點頭，應了一聲，「嗯！」

她從未應得如此果斷、如此堅決、如此鏗鏘有力。她雙手緊緊抱著小提琴箱，彷彿抱著世界上最重要的寶物。

也許是感染到一股莫名的力量，妖精少女背後的翅膀驀然變得明亮起來。

她一臉訝然地望著病床上的少年，和那個緊抱自己的少女。

「妳哪來的力量？誰的？」我輕輕地問。我已經看出來了，妖精少女背後的翅膀代表她能持續存在的狀態，越亮，她就擁有越多的時間。

物靈是以人類的思念和情緒為養分而存在的，那麼她現在，無疑是從某人身上，得到了情緒的灌溉。

是劉藝？還是張倩？

「……是他們兩個的。」

似乎領悟到了什麼，妖精少女低下頭，恬靜地撥動了一下豎琴的琴弦，流水一般的旋律從她指尖淌出。她看著夜晚的月光照了進來，拋灑在少男少女的身上，哽咽中，卻帶著一種莫大的滿足——

「從今天起，我是她的小提琴，也是他的夢想。」

聞言，我忍不住瞇起雙眼，看向窗外。

夜空裡其實什麼也沒有，但只要人類還會感動，那麼即便是接近寒冷的冬夜，即便沒有耀眼的陽光，我們一樣可以滿足地擁抱，互相取暖，然後告訴對方——

我們會過得很好。

——To Be Continued

【番外篇】老帚的流年

我是一把掃帚，我記得自己價錢，原價是三十塊。但老主人比較小氣，和一個大媽砍到二十塊把我買下。

我到底值多少？三十塊？還是二十塊？這個問題我想了二十多年都沒想明白。

但總是思考同一件事，還是會無聊的，所以我想的東西越來越多，聽到的東西也越來越多，在意的東西……也越來越多。

我不知道自己是什麼時候開始學會「思考」這回事的，也不明白為什麼我會「思考」。畢竟我什麼都做不了，為什麼要學會「思考」呢？

僅僅「思考」，是沒有意義的。

但我唯一能做的，只有沉默。

老主人過日子比較細心，也比較節省，連我這把不知道是二十塊還是三十塊的掃帚，他也很小心地使用。每個禮拜，都會把掃帚枝清洗一下。

後來，還會有個流鼻涕的小孩爬過來拽我的掃帚枝，有時被他弄斷了幾根，弄得我很疼，我卻說不了話，只好自己一個人暗地裡對這個小鬼破口大罵。

可惜沒人聽得見。

不過，這也是一件好事，至少這麼一來，除了想自己到底值多少外，總算有件事做了。

那個小孩越來越大，沒有剛開始那麼淘氣，也不來拽我的掃帚枝了。這當然是件好事，但反而讓我的日子變得有點無聊。

我不由得又去想自己到底值多少……

而當我以為，我會永遠這麼過下去的時候……卻發現從一張書籤裡出現了一個女人，那個女人叫書書。

阿樂取的名字，取得很隨意，就像他爺爺為孫子取了阿樂這個名字一樣。之後我也有了名字，原因是書書能夠感覺到我的存在。

阿樂叫我老帚。

老帚……

他取這個名字時還是取得很隨意，然而對我來說，當他說出這兩個字眼的時候，我的耳邊好像響起了一陣炸雷。

我終於也有名字了。

我終於也屬於一個類別，叫做「物靈」。

有了名字，就代表終於有人知道我，會和我交流了。但和書書，以及之後覺醒的物靈們不同——我沒有辦法說話。

我臉上的鬚髮將我的面部全部連在一起，別說張嘴，連太誇張的表情，我也做不出來。

所以我只好沉默。

所以我只好繼續思考——我到底值多少。

我一邊思考，一邊掃地。日子好像沒什麼太多變化，因為我還是不能說話，依舊只能思考。

但已經有人開始會和我打招呼了。

因為我從來不發表什麼意見，一直到老主人去世，阿樂繼承了當舖，我還是沒交到什麼朋友。

哦，如果硬要說一個關係特別近的，那就是太陽了……可惜老主人走得早，所以他也走得早。

是阿樂親自送行的。
他很難過，而我很羨慕。
店裡的物靈都認識我，卻沒人喜歡和我待在一塊。不僅僅是因為我沉默，還因為我本身就不夠熱情。但我天性如此，因此從不強求。
所以沒朋友，不是因為我是啞巴，而是我沒什麼渴求。
只要我還能掃地，只要還有人能叫我的名字、和我打聲招呼，我就已經比大部分的掃帚幸運多了。
當鋪裡的物靈來來往往，有的走、有的留……還有報廢的。雖說物靈不用和人一樣需要吃喝，只要被使用，本體不被破壞，就能活下去，聽起來好像能長生不老一樣——
其實這是錯的。
因為我們終究和人不同。人的命掌握在自己手裡，我們的命則在人的手裡。命不歸自己所有，那麼活不長的終究還是普遍。
沒有多少物靈能一直被使用。至少這家店鋪裡，比我年紀大的物靈，真的很少。

所以我從來不奢求能長久存在，我只求自己走得有價值。

只是我發現當年的掃帚二十塊，或者是三十塊，現在則變成了八、九十塊……弄得我壓力有點大。

到底是我變值錢了，還是現在的掃帚比我好用了？不過有一點我承認，現在的掃帚，的確比我長得漂亮。

但我始終疑惑，長得漂亮有什麼用，難道長得漂亮，就一定比我好用？掃帚，終究是用來掃地的。過了二十多年，中間卻有了六、七十塊的差價，難道是因為他們長得漂亮嗎？

我不覺得「漂亮」比「用處」更重要，所以我相信，是我漲價了。

既然漲價了，我就得更努力掃地才行。

不過可能因為我是便宜貨，再加上用得比較久，所以後來身子骨有點不行了，動作變得越來越慢，看灰塵也不再輕鬆。

阿樂可能是注意到我的問題，所以他開始減少使用我的頻率，對我說話時的態度也變得越來越小心。

他這樣讓我很高興。

他這樣也讓我很不高興。

但不管我喜歡不喜歡他這樣，我還是要掃地，他不讓我掃，我就偷偷掃。

沒人能剝奪我掃地的權利，哪怕是阿樂，就像他當初也無法拒絕太陽想要發光的渴望一樣。

因為我不會說話，我唯一能發出的聲音，就只有掃地時的「沙沙沙」而已。

一邊掃地，一邊看著店裡人來人往。

而最重要的是，我可以替太陽看著阿樂長大。即便對阿樂來說，可能沒什麼太大意義，但對我來說，有意義還是沒意義，根本不重要。

因為對我而言，思考也許沒意義，可我依舊忍不住會去思考；守望也許沒意義，可我還是會忍不住去守望。

因為我是老帚，是一把掃帚的物靈。

我掃地越來越累、越來越慢，但我也掃得越來越認真、越來越仔細。因為同樣一塊地方的清理，我得花比原來更多的精力，我也不想讓別人把我當成連地都掃不乾淨的掃帚。

而主要的，是我不知道自己還能再掃多少次地。因為僅僅是掃地，我便已經感覺到疼了，比阿樂小時候拽斷我的掃帚枝還要疼。

時間差不多了。

我沒有感到多少害怕，只是有點遺憾自己沒怎麼和阿樂他們好好交流過。

所以當那一刻來臨……

當我看到自己本體下半部一下子斷裂的時候……

店裡吵吵鬧鬧的氛圍突然變得極靜。

我一直覺得店裡很吵，想讓他們安靜的時間多一些，但唯獨這次，讓我覺得有點不舒服。

他們全部一股腦地盯著我，讓我很不自在。

「老帚……」

布穀的聲音沒有以往的矜持，帶著一股我有點熟悉的味道。

嗯，好像是太陽走時、老主人走時，阿樂說話的那股味道。

對了，阿樂好像還不在吧？

可我突然很想和阿樂說一些話，於是我抬起頭，沉默地看了一圈圍在我身邊的物靈。

我在想怎麼告訴他們，然後我想到了自己可以拿掃帚枝寫字。嗯，畚箕裡的灰塵都灑出來了，剛好可以寫……這是個好法子。

只是可惜，我最後一次掃地，卻是越掃越髒，這下連我自己都應該進垃圾桶了吧？

然而不等我有所動作，那臺電腦卻明白了我的意思。

「老帚你撐住！我馬上讓主人回來！」

這是那個平常不怎麼搭理我的八戒說的，我很少聽到他的話裡沒有「哦呵呵呵」的句子，所以乍聽之下，我有點不習慣。

他為什麼明白？是眼神嗎？不，看上去，其他物靈好像也不意外的樣子。

「我們都是一樣的，咕咕。」

可能是看穿了我的疑惑，布穀輕輕地說著，語氣中沒有往日的矜持。

我恍然大悟。布穀說對了，大家都一樣——我們都想被重要的人看著死去。

沒錯，我想他看著我死，就像當初的太陽那樣。

阿樂很快回來了，雖然他長大了，但他的反應，卻和很多年前太陽消逝時沒什麼區別。

我突然有很多話想說，所以我拿起斷掉的掃帚枝，在灰塵上寫了起來，至少在我還撐得住的情況下，我想試試我沒試過的聊天。

可能是真的老了，掃帚枝寫沒幾下就斷了，斷掉的時候有點疼，卻分外提神，反而讓我想起更多想說的話。

我從來沒有那麼多話過，為什麼會想說那麼多呢？

嗯，這個問題不重要，反正就算思考了，也沒什麼用了吧？反正這種結局，本來就是我想要的。

我很滿足，而當我感覺到自己臉上的鬚髮開始脫落的時候，我變得更滿足起來。因為束縛我二十多年的鬚髮剝落，代表我終於可以展露表情了，代表我終於可以說話了。

我用這個陌生的方式告訴阿樂，我思考了二十多年的滿足究竟是什麼樣子的——物盡其用，便是最大的滿足。

但他還是哭得像個孩子，就和當初太陽走時一樣，一點長進都沒有。我卻生不起氣來，反正他本來就沒什麼出息。

就算沒長進，他一樣是阿樂。正因為沒長進，他才是阿樂。

不管是哭還是笑，都是他最自然的表露。

二十多年前折斷我掃帚枝、笑嘻嘻的小鼻涕鬼是他；現在在我面前因為悲傷而站不起來的人，也是他。

遇見他真好，我能思考真好。

因為遇見他，無意義的思考，才開始變得有意義起來。

說起來，我這把掃帚，現在到底是多少錢呢？阿樂究竟要花多少才能買到我的代替品？能便宜點就好了……

因為他比他爺爺還要小氣，少一把掃帚，都會哭哭啼啼的；所以如果太貴了，他一定會更想我的，這對下一把掃帚不公平。

他物盡其用，窮困潦倒，他是阿樂。

我掃地一生，一塵不染，我是老帚。

後記

在寫第四卷之前，信心其實是有點不足的。但寫到後面，一些在準備大綱時沒想到的讓我感動的點，很沒有道理地襲來，讓我很驚喜，也有點惶恐。

這一篇的主題，是接近青少年生活的情緒，雖然情節可能大多數人都碰不到，但我相信，即便程度不同，一種同類別的情感應該還是能讓很多人產生共鳴。

家庭問題不會隨著時代的演變而消失，這和社會的文明程度無關，因為即便是一個家庭，我們也是一個個不同的個體。我們一定會背負來自父母的期望，這份期望可能會壓得我們喘不過氣。我們應該會時常覺得自己的父母自以為是，現實到扼殺掉我們生活中可能存在的一切浪漫主義的元素。

可能會以「為你好」的名義，企圖將你的一切都安排好。對於我們來說，這一定很累吧？嗯，也許比起累，可能更接近於「提不起勁」的概念。

因為有時候父母的安排，會讓我們的世界從彩色變成了灰色。

大多數時候並不是傷害，僅僅只是憋悶而已。沒有難受到撕心裂肺，卻也不是輕描淡寫便可以拋到一邊的程度。甚至就連這一抹憋悶，有時候也沒有到有必要找個人傾訴的地步。

不輕不重，但它就是這麼存在著。

別怪他們，他們只是害怕，就和書裡的舒蓮那樣，只是害怕而已。這是很多父母沒有辦法克服的軟弱，而這種軟弱，皆因在乎。

害怕我們做了錯誤的選擇，害怕自己再也沒有辦法幫我們解決麻煩。因為隨著我們年紀的增大，惹得麻煩也會越來越大，所以父母在這種時候一定會有些許的緊張吧？

沒有辦法永遠保護孩子。

是每個父母必須面對的，也是每個父母都有所恐懼的。

那麼，我們要做的只有一件事。

把我們的色彩，給父母一點，把父母的灰色，接過來一點。讓他們體會只有我們才能體會到的浪漫，讓我們品嘗只有他們才能品嘗到的恐懼。

留下一分餘地，然後儘管去頂嘴、發火、玩樂吧……

最後，我們就一邊追逐自己的理想，一邊聽著絮絮叨叨的說教。這是我們的必經階段，也是他們的必經階段。

別一頭鑽入自己的世界，但也別對父母言聽計從；別勉強自己當乖寶寶，這個世界上沒有乖寶寶，只有像乖寶寶，讓父母安心，同時不耽誤自己開心的聰明寶寶。

以上就是第四卷想傳達的一些東西，接下來還有第五卷，同時也將是《時光當鋪》的完結卷。主題我已經想好，我會努力讓最後一卷成為令你們可以滿足放下的一卷，下一卷見。

千川　2015年10月17日　東京

國家圖書館出版品預行編目資料

時光當舖4 / 千川作.
—1版. —臺北市：尖端出版，2015.11-
冊 ； 公分
ISBN 978-957-10-6242-6(第4冊：平裝)

857.7　　104002259

翼想本

時光當舖4

著者／千川
發行人／黃鎮隆
總編輯／洪琇菁
執行編輯／洪琇菁
企劃宣傳／邱小祐、劉宜蓉
封面插畫／Ooi Choon Liang
副總經理／陳君平
國際版權／黃令歡
美術編輯／方品舒、一灰
內文排版／謝青秀

出版／城邦文化事業股份有限公司 尖端出版
台北市中山區民生東路二段一四一號十樓
電話：（〇二）二五〇〇—七六〇〇
傳真：（〇二）二五〇〇—二六八三
E-mail：7novels@mail2.spp.com.tw

發行／英屬蓋曼群島商家庭傳媒股份有限公司城邦分公司 尖端出版
台北市中山區民生東路二段一四一號十樓
電話：（〇二）二五〇〇—七六〇〇（代表號）
傳真：（〇二）二五〇〇—一九七九

中彰投以北經銷／楨彥有限公司
（含宜花東）電話：（〇二）八九一九—三三六九
傳真：（〇二）八九一四—五五二四

雲嘉經銷／威信圖書有限公司 嘉義公司
電話：（〇五）二三三—三八五二
傳真：（〇五）二三三—三八六三
客服專線：〇八〇〇—〇二八—〇二八

南部經銷／威信圖書有限公司 高雄公司
電話：（〇七）三七三—〇〇七九
傳真：（〇七）三七三—〇〇八七

香港經銷／城邦（香港）出版集團有限公司
香港灣仔駱克道一九三號東超商業中心1樓
電話：（八五二）二五〇八—六二三一
傳真：（八五二）二五七八—九三三七
E-mail：hkcite@biznetvigator.com

新馬經銷／城邦（馬新）出版集團Cite（M）Sdn. Bhd.
E-mail：cite@cite.com.my

法律顧問／王子文律師 元禾法律事務所
台北市羅斯福路三段三十七號十五樓

二〇一五年十一月一版一刷
二〇一九年八月一版八刷

郵購注意事項：
1.填妥劃撥單資料：帳號：50003021戶名：英屬蓋曼群島商家庭傳媒(股)公司城邦分公司。2.通信欄內註明訂購書名與冊數。3.劃撥金額低於500元，請加附掛號郵資50元。如劃撥日起 10～14日，仍未收到書時，請洽劃撥組。劃撥專線TEL：(03)312-4212 ・ FAX：(03)322-4621。E-mail：marketing@spp.com.tw

翼想本

翼想本